Und immer droht der Weihnachtsmann
Amüsante Geschichten zum Fest

PIPER

Zu diesem Buch

Nach den Erfolgen von »Ich und meine Oma und die Liebe« und »Benjamin, ich hab nichts anzuziehn« hat sich Ilse Gräfin von Bredow neue Geschichten zum Fest der Liebe ausgedacht. Gewohnt unsentimental beschreibt sie Spannungen unterm Weihnachtsbaum. Denn wenn alles besonders festlich sein soll, schleichen sich gern Misstöne ein, und die Traditionen offenbaren ihre Tücken. Die gefürchtete Erbtante etwa will jedes Jahr ein anderes Familienmitglied zum Fest bei sich sehen. Ein Ehepaar droht sich über die eingefahrenen Feiertagsroutinen endgültig zu entzweien. Ein Überraschungsgast sprengt eine vertraute Runde am ersten Weihnachtsfeiertag – Harmonie, wohin man schaut. Frei von Rührseligkeit, aber mit liebevollem Blick nimmt Gräfin Bredow menschliche Schwächen aufs Korn, die diese Zeit des Jahres etwas weniger gnadenbringend erscheinen lassen.

Ilse Gräfin von Bredow, wurde 1922 in Teichenau/Schlesien geboren. Sie wuchs im Forsthaus von Lochow in der märkischen Heide auf und besuchte später ein Internat. Während des Krieges war sie im Arbeitsdienst und musste Kriegshilfsdienst leisten. Seit Anfang der fünfziger Jahre des letzten Jahrhunderts lebte Gräfin Bredow als Journalistin und Schriftstellerin in Hamburg und veröffentlichte zahlreiche erfolgreiche Bücher. Ilse Gräfin von Bredow verstarb im April 2014 in Hamburg.

Und immer droht der Weihnachtsmann

Amüsante Geschichten zum Fest

PIPER
München Berlin Zürich

Mehr über unsere Autoren und Bücher:
www.piper.de

Von Ilse Gräfin von Bredow liegen im Piper Verlag vor:
Kartoffeln mit Stippe
Adel vom Feinsten
Das Hörgerät im Azaleentopf
Ich und meine Oma und die Liebe
Benjamin, ich hab nichts anzuziehn
Hansemann, geh du voran
Nach mir die Sintflut
Ein Bernhardiner namens Möpschen
Deine Keile kriegste doch
Und immer droht der Weihnachtsmann
Glückskinder
Mein Körper ist so unsozial
Bei uns zu Haus

FSC
www.fsc.org
MIX
Papier aus verantwortungsvollen Quellen
FSC® C083411

Ungekürzte Taschenbuchausgabe
Oktober 2009 (TB 5424)
1. Auflage November 2012
5. Auflage Oktober 2016

Umschlaggestaltung: Cornelia Niere, München
Umschlagmotiv: Oliver Wetter
Satz: Dörlemann Satz, Lemförde
Gesetzt aus der Aldus
Druck und Bindung: CPI books GmbH, Leck
Printed in Germany ISBN 978-3-492-30125-1

Inhalt

Lieber guter Weihnachtsmann

In jenen nun schon fast sagenhaften Jahren, als Kinder noch nicht Kids hießen, so manche unverheiratete Frau großen Wert darauf legte, mit »Fräulein« angesprochen zu werden, Kindergärtnerinnen als »Tante« bezeichnet wurden und chronischer Schnupfen keine Krankheit, sondern ein Zustand war, liebte ich einen Kater namens Moritz, Geschichten vom Weihnachtsmann und meine Mutter, wobei die Reihenfolge häufig wechselte. Natürlich liebte ich auch meinen Vater, aber der war nun mal im Krieg, kam selten nach Hause und wenn, nur sehr kurz. Mehrere Weihnachtsfeste hatten wir bereits auf ihn verzichten müssen. Erst als wir in diesem Jahr gerade sangen: »Leise rieselt der Schnee«, stand er plötzlich in der Tür. Die Freude war groß, und endlich konnte ich wieder auf seinem Schoß sitzen und gemeinsam mit ihm auf den Weihnachtsmann warten. Er hörte sich mein eifriges Geplapper freundlich an, sagte: »Hm, hm, also wirklich«, zog dabei an seiner Pfeife und sah auf die Uhr. »Ich muss mal raus, ich bin gleich wieder da.« Mutters Lieblingssatz: »Es kommt immer alles anders«, sollte auch hier zutreffen, denn kaum hatte er das Zimmer verlassen, betrat fünf Minuten später der Weihnachtsmann mit wuchtigen Schritten den Raum, und ich musste ihm Rede und Antwort über mein Betragen stehen. Ebenso meine Mutter, die etwas gezwungen darüber lachte und mit einer Kleinmädchenstimme herunterhaspelte: »Lieber guter Weihnachtsmann, sieh mich nicht so böse an, stecke deine Rute ein, ich will auch immer artig sein.«

»Das will ich mir auch ausgebeten haben«, sagte der Weihnachtsmann. »Mir ist da so einiges zu Ohren gekommen. Es wird sogar behauptet, dass du eine wilde Hummel bist.«

Mutter schwieg, aber es war ihr anzumerken, dass sie sich über ihn ärgerte. Allerdings waren die Geschenke, die er aus seinem Sack holte, prima. Ich bekam die sehnlichst gewünschte Mundharmonika und Mutter einen goldenen Armreif.

Der Weihnachtsmann verschwand, und Vater erschien, ganz außer sich, ihn verpasst zu haben. Na so was aber auch! Danach ließ er sich von uns die Geschenke zeigen, fand unglaublich, dass ihn der Weihnachtsmann anscheinend gar nicht auf der Rechnung hatte, bewunderte Mutters Armreif und spielte auf der Mundharmonika: »Morgen, Kinder, wird's was geben, morgen werden wir uns freu'n.« Mutter gab ihm einen Kuss, der von ihm ausgiebig erwidert wurde, was meine Eifersucht hervorrief. »Oller Mamaknutscher«, murmelte ich vor mich hin. »Und überhaupt«, sagte ich, »der Weihnachtsmann im vorigen Jahr war viel netter.«

»Was soll denn das heißen?«, fragte mein Vater nicht mehr ganz so zärtlich meine Mutter.

»Na, was schon«, sagte Mutter, »du warst schließlich nicht da. Ein Ersatz musste her.«

»Erklär mir das Wort Ersatz ein wenig näher.«

Ich sah verständnislos von einem zum anderen, und Vater sagte: »Geh mal schnell raus und sieh nach, ob du den Weihnachtsmann noch erwischst. Wir haben total vergessen, ihm nach seiner langen Reise etwas Warmes anzubieten.«

Ich gehorchte, aber vom Weihnachtsmann war nichts mehr zu sehen. Nur das tiefe Brummen der Bombengeschwader war zu hören, und am Horizont sanken gerade die von ihnen abgeworfenen Leuchtsignale, Weihnachtsbäume genannt, langsam zur Erde. Enttäuscht kehrte ich ins Haus zurück, und ich merkte gleich, zwischen meinen Eltern hatte es Knies gegeben, der aber nicht lange vorhielt. Mutter schickte mich ins Bett und verwöhnte mich, ehe sie mir gute Nacht sagte, noch mit einer Geschichte über den Weihnachtsmann, allerdings eine wenig erfreuliche, jedenfalls für ihn, denn als er Petrus, seinem Dienstherrn, von seiner Reise berichtete, bekam er von ihm kein Lob, sondern nur einen missbilligenden Blick, sodass ihm klar wurde, irgendetwas verbockt zu haben. Seine Ahnung trog ihn nicht. Statt eines leckeren Abendessens bekam er zur Strafe Brotsuppe serviert.

»Was hat er denn Böses getan?«, wollte ich wissen.

»Er war sehr unhöflich zu einer sehr netten Mutter.«

»Was hat er denn gesagt?«, fragte ich weiter.

»Er hat sie eine wilde Hummel genannt. Das gehört sich nicht.«

»Brotsuppe, iih.« Ich schüttelte mich wohlig.

Und ausgerechnet die gab es auch am nächsten Tag bei uns.

»Ich hasse Brotsuppe!«, rief ich. »Außerdem hab ich gar nichts verbrochen.«

Vater, der ebenfalls ziemlich unfroh auf seinen von Mutter wohlgefüllten Teller starrte, fuhr mich an: »Ein deutscher Junge isst, was auf den Tisch kommt.«

»Wie recht du doch hast«, sagte Mutter sanft. »Lasst es euch schmecken. Übrigens gibt es in der Küche reichlich Nachschlag. Es wird wohl noch für morgen reichen.«

Aber das ersparte sie uns dann doch gnädig. Sie überraschte uns mit Koteletts, Bratkartoffeln und Grießpudding, denn es war Vaters letzter Urlaubstag.

Gemeinsam brachten wir ihn zum Bahnhof, und als wir wieder nach Hause gingen, kämpfte Mutter mit den Tränen. Auch ich vermisste ihn, seine Späße, wenn er mich lachend durch die Wohnung jagte oder in die Luft warf. Er roch angenehm nach Tabak, an seiner Hand fühlte ich mich sicher, er konnte mir die Welt erklären, und ich glaubte ihm jedes Wort. Mutter ließ wie gewohnt nicht lange den Kopf hängen und machte sich selbst Mut: »Ach, wer weiß, vielleicht ist der Krieg ja wirklich bald vorbei, und er steht wieder vor der Tür. Es kommt immer anders, als man denkt.« Ein Satz, der auch hier stimmte, wenn auch auf sehr traurige Weise. Erst wurde unser Städtchen bei einem Luftangriff zu großen Teilen in Schutt und Asche gelegt, dann Vater als vermisst gemeldet. Wir versuchten uns gegenseitig zu trösten, obwohl ich von dem Begriff »vermisst« nur eine sehr unklare Vorstellung hatte, und schliefen gemeinsam in einem Bett. Doch zum Trauern ließ uns der Krieg nur wenig Zeit. Die Front rückte von Tag zu Tag näher, sodass wir, wie andere Mütter mit Kindern, evakuiert wurden. Es wurde wahrlich kein Spaziergang, aber Mutters Charme und ihr erfreuliches Aussehen halfen uns dabei, manche Klippe zu überwinden, egal, in was für eine Situation wir gerieten. Immer fanden sich hilfreiche Männerhände zur Unterstützung, ob sie mich zog, schob oder festhalten musste. Man verschaffte uns Sitzplätze, brachte uns was Heißes zu trinken oder drückte uns rücksichtslos in jeden noch so überfüllten Zug, ungeachtet des Gejammers, wenn wir jemandem auf die Füße traten. Ebenso war es mit den Übernachtungen. Für uns fand sich immer eine Unterkunft, auch wenn es nur ein Stall oder eine Scheune war.

Verdreckt und erschöpft landeten wir schließlich in einer ehemaligen Arbeitsdienstbaracke, die uns Flüchtlingen von der Gemeinde zugeteilt worden war. Sie lag mitten in der freien Natur und war in einem ziemlich desolaten Zustand. Durch klapprige Fenster pfiff der Wind, die von Frost glitzernden Fensterscheiben waren mit

Fliegendreck gesprenkelt, die gekalkten, fleckigen Wände wirkten nicht gerade anheimelnd, und die Kanonenöfen in den Zimmern brauchten eine Ewigkeit, bis sich in ihnen so etwas wie ein Feuer entwickelte. Auf den doppelstöckigen Betten lagen Seegrasmatratzen, deren Inhalt bei jedem Umdrehen sanft auf den unteren Schläfer rieselte, und jedes Zimmer war auf das Sparsamste möbliert. Die Tische wackelten, und an den Stühlen zerriss man sich die Hosen und Strümpfe. Es gab nur ein einziges Klo im Haus und ein Plumpsklo auf dem Hof sowie einen Duschraum, in dem nur die beiden Waschbecken zu benutzen waren. In der großen Küche stand ein riesiger unbrauchbarer Herd, für den uns die Gemeinde hochherzig eine bei weitem nicht ausreichende zweiflammige Kochplatte zur Verfügung gestellt hatte. Die Frauen sahen sich ratlos an, aber Mutter sagte, wie immer mit unverwüstlicher Zuversicht in der Stimme: »Das kriegen wir schon hin.« Und tatsächlich kehrte sie, mit reichlich Kartoffeln, Erbsen, Sirup, Mehl und Schmalz auf einem Lastwagen sitzend, aus dem Dorf zurück. Ja, der Bürgermeister hatte uns sogar eine zweite Kochplatte spendiert. Auch entdeckten wir neben der Garage aufgestapeltes gehacktes Brennholz und Briketts.

Mutter und ich teilten uns ein Zimmer mit einer sehr viel älteren, aber noch rüstigen Frau und deren Enkelin Olga, die ein Jahr jünger war als ich. Sie hatte ihren linken Arm durch einen Bombenangriff verloren, bei dem auch ihre Eltern umgekommen waren. Trotz dieses großen Unglücks war sie recht munter und sagte »oller Jammerlappen« zu mir, weil ich so viel heulte. Doch man hatte mir auf der Flucht meinen geliebten Teddy aus dem Rucksack geklaut, und ich hatte allen Grund dazu. Aber dann, von Mitleid gepackt, tröstete sie mich mit einem Stück Würfelzucker, das sie plötzlich aus ihrer Tasche hervorzauberte. Während ich behaglich lutschte, aber gewohnheitsmäßig still weiterweinte, sprang mir etwas Riesiges auf den Schoß, sodass ich vor Schreck aufschrie. Ein braun-weiß getigerter Kater hatte mich als Ruheplatz erkoren und machte es sich nun auf meinem Schoß bequem. Schnurrend und schmusend rieb er seinen dicken Kopf an meinem Gesicht, als ich seinen schweren Körper fest an mich drückte, was er sich gleichmütig gefallen ließ. Ich hatte einen neuen Freund gefunden, und einen Namen hatte ich auch gleich für ihn bereit. Ich legte mich auf mein Bett, Moritz im Arm, und war im Nu eingeschlafen.

Niemand wusste, woher der Kater kam und wem er gehörte. Aber eins stand fest: Er hatte meine Mutter und mich als Familie adoptiert und tat alles, um unsere Gunst zu gewinnen. Er wärmte Mutter nachts die Füße und verhielt sich manierlich. Die anderen Frauen runzelten die Stirn. Es war schon eng und unbequem genug, und nun stolperte man noch dauernd über eine Katze. Moritz verstand und verzog sich, wenn dicke Luft herrschte, weil es in Strömen goss und alle drinnen hocken mussten, in einen nur ihm bekannten Schlupfwinkel. Moritz ging nicht nur auf Mäusejagd, seine kräftigen Muskeln, die scharfen Krallen und das glänzende Fell ließen vermuten, dass er auch größere Beute durchaus nicht verschmähte, was uns sehr schnell bestätigt wurde. Schnurrend legte er uns eines Tages einen stattlichen Hasen vor die Füße, was teils mit Abscheu, aber teils auch mit großem Wohlwollen aufgenommen wurde, denn Hasenbraten hatten wir schon lange nicht mehr gegessen. Von da an wurde Moritz von allen akzeptiert. Niemand gab ihm mehr heimlich einen Tritt oder scheuchte ihn mit einem Besen nach draußen.

Allmählich begann sich unser Leben in der Baracke zu normalisieren. Mütter sind nun mal pragmatisch, und wenn es gut für ihre Kinder ist, halten sie zusammen. Sie teilten sich die Arbeit und organisierten den Alltag. Bald beherrschten sie den Kniff, mit Öfen umzugehen, und jemand, der erstaunlicherweise in seinem Fluchtgepäck sogar seinen Volksempfänger mitgeschleppt hatte, sorgte an den Abenden für Unterhaltung. Während draußen ein scharfer Ostwind pfiff und den Gang ins Dorf durch Eis und Schnee beschwerlich machte, saßen wir im ehemaligen Gemeinschaftsraum zusammen, hörten Musik und erzählten uns Geschichten. Noch war der Krieg nicht zu Ende, noch waren feindliche Bomber und die gefürchteten Tiefflieger unterwegs und zogen über uns ihre Bahnen. Und immer, wenn wir die Kondensstreifen am Himmel sahen und das gleichmäßige Geräusch der Motoren hörten, wurden alle still. Nur ich saß meist recht zufrieden in einer Ecke mit Moritz auf dem Schoß und erzählte ihm vom Weihnachtsmann, der nun bald kommen würde, was mir Mutter aber auszureden versuchte. »Denk doch mal nach, Junge, wie soll der Weihnachtsmann uns denn finden. Diesen Ort hier gibt es doch auf keiner Landkarte. Womöglich nehmen ihn noch die Tiefflieger aufs Korn. Und dann steht er da mit gewaschenem Hals.«

Die anderen Frauen lachten und sagten:

»Also, was du dem Jungen so erzählst!« Doch ich sah das vollkommen ein, wenn es mich auch betrübte.

Aber wieder mal kam alles anders. Zwei, drei Tage vor Heiligabend stand eine zusammengeschnürte Tanne vor der Barackentür, und darin verborgen waren ein Briefumschlag mit Lametta und für uns Kinder kleine Geschenke. Trotz Mutters Geunke erschien am Heiligabend dann doch der Weihnachtsmann höchstpersönlich. Erst sehr viel später erfuhr ich, dass sich Olgas Oma geradezu darum gerissen hatte, ihn zu spielen. Wir waren gerade im Aufenthaltsraum um den Weihnachtsbaum versammelt, als Schritte auf dem Flur zu hören waren. Die Tür wurde aufgerissen, und da stand er nun, der Ersehnte und Gefürchtete. Er fragte uns barsch, ob wir artig gewesen seien, und schwang drohend seine Rute, sodass selbst Olga, die mir zehn Minuten vorher gerade erklärt hatte, ich sei plemplem, einen Weihnachtsmann gebe es nicht, ganz eingeschüchtert war. Geschenke allerdings brachte er nicht mit, nur für alle gemeinsam einen Marmorkuchen. Dann verabschiedete er sich mit ermahnenden Worten und stiefelte davon.

Das Frühjahr kam, und unsere Lebensgeister erwachten. Auch die Natur gab sich alle Mühe, die trostlose Landschaft aufzumöbeln. Der Efeu an der Barackenwand bekam wieder glänzende Blätter, Schneeglöckchen blühten, und Felder und Birken zeigten den ersten grünen Schimmer. Es wurde Mai, der Krieg war zu Ende, und man konnte überall wieder ohne die Gefahr, von einem Tiefflieger erwischt zu werden, herumstöbern. Das taten Olga und ich nur zu gern, besonders der Wald hatte es uns angetan, wo wir Hänsel und Gretel spielten. Wir waren Stadtkinder, und alles, was wir entdeckten, war uns fremd und weckte unsere Neugier. Ein Ameisenhaufen hatte es uns besonders angetan, und wir versuchten mit vorsichtigem Herumstochern, ihn zum Leben zu erwecken. Doch dann fing Moritz, der uns begleitet hatte, an, wild zu fauchen, und kletterte blitzschnell auf einen Baum, als sich hinter uns jemand räusperte. Wir fuhren herum. Vor uns stand ein junger Mann in einer ziemlich verwaschenen grünen Uniform. Wir lebten in einer Frauenwelt, mal abgesehen von den Opas, die sich gern über uns entrüsteten, mich einen Lümmel nannten und von uns nicht für voll genommen wurden. Und so flößte mir schon der Anblick eines kräftigen Mannes Respekt ein. Auch machte er nicht gerade den Eindruck, dass man ihm auf der Nase herumtanzen konnte, und so sagten wir beide wie auf Kommando gleichzeitig: »Guten Tag.« Grüßen war immer gut, meist besänftigte Höflichkeit die Erwachsenen, wenn man nicht genau wusste, was sie mit einem vorhatten. Es schien auch hier zu wirken, denn seine Stimme klang ganz ruhig, als er sagte: »Ich warte.« Wir sahen ihn verständnislos an. »Auf eine Erklärung. Was gibt es für einen Grund, den Ameisenhaufen zu zerstören?«

»Wir dachten …«, stotterte ich.

»Ihr dachtet«, sagte er ganz freundlich. »Es macht euch wohl Spaß, die Ameisen zu erschrecken. Aber Tiere sind kein Spielzeug. Ihr kommt bestimmt aus der Stadt und habt von nichts 'ne Ahnung. Ich heiße übrigens Martin und bin der Förster hier.« Dann setzte er sich auf einen Baumstumpf und fragte uns ein bisschen aus.

Während Olga sehr schnell das Interesse an der Natur verlor und lieber mit zwei anderen gleichaltrigen Mädchen Vater und Mutter spielte oder den einzigen Ball, den es gab, an die Wand schmetterte, hatte ich wieder einen neuen Freund, und Martins Revier wurde fast ein zweites Zuhause für mich.

Leider zeigte auch Moritz nur noch selten Lust, mich zu begleiten. Der Frühling hatte seine Gefühle in Wallung gebracht, und ihm lag anderes im Sinn. Außerdem sah Martin es nicht gern, wenn er im Wald herumstromerte. Meine Mutter war froh, mich bei meinem Freund gut aufgehoben zu wissen. Denn sie hatte inzwischen den Förster ein bisschen unter die Lupe genommen, um festzustellen, was das eigentlich für ein Mensch war, von dem ihr Sohn dauernd sprach und dem er wie ein Schatten folgte. Martin war von ihr sichtlich beeindruckt, was aber, wie ich schnell merkte, auf Gegenseitigkeit beruhte. So durfte ich weiter mit oder ohne Martin herumstreifen. Aber, wie Olgas Oma gesagt hätte, »das Unglück schreitet schnell«, und es war mein Kater Moritz, den es während eines Spaziergangs mit mir durch die Felder traf. Das Getreide war inzwischen mächtig gewachsen, und ich sah gerade interessiert einer Blindschleiche zu, wie sie sich an einem schmalen Graben entlangschlängelte. Als ich mich lange genug damit beschäftigt hatte und wieder aufsah, war Moritz verschwunden und nirgends zu entdecken. Plötzlich überkam mich ein unheimliches Gefühl, und ich rannte los Richtung Wald. Kurz davor machte der Feldweg eine Kurve, und da sah ich einen Mann mit einem Hafersack über der Schulter, in dem es mächtig zappelte. Ich schaltete blitzschnell. Das, was sich in dem Sack bewegte, war Moritz. Hatte Olgas Oma uns nicht gerade erzählt, dass im Dorf dauernd Katzen verloren gingen, und was von einem Labor gemunkelt? Außer mir vor Angst und Wut, stürmte ich los und versuchte mit aller Kraft, dem Mann den Sack wegzureißen, der ihn, völlig verdutzt über den plötzlichen Angriff, tatsächlich fallen ließ, sodass Moritz sich befreien und die Flucht ergreifen konnte. Dafür hatte mich sein Räuber fest im Griff, und die Ohrfeigen, die er mir versetzte, waren nicht von schlechten Eltern. Er hielt mich fest, so viel ich auch kratzte und trat. Glücklicherweise kam in diesem Moment ein Bauer auf seinem Trecker angetuckert. Der Mann ließ mich los und rannte nun seinerseits davon. Ich rettete mich in den Wald, setzte mich auf einen Baumstumpf und schluchzte mir nicht nur diesen Schrecken, sondern auch alle traurigen und ängstigenden Erlebnisse der letzten Zeit von der Seele, während Moritz, längst wieder neben mir sitzend, sich ungerührt putzte. Ich schluchzte und schluchzte, bis sich eine Hand auf meine Schulter legte und Martins Stimme sagte: »Komm mal mit. Ich zeig dir was Schönes.« Wir krochen durch dichtes Unterholz, bis er auf etwas Winziges in einem Busch deutete, das Nest eines Zaunkönigs. Der Hausherr kam gerade mit Futter im Schnabel herbeigeflogen und schlüpfte hinein.

Von da an wurde ich sozusagen Forsteleve, und Martin zeigte mir alles, was im Wald so kreucht und fleucht. Sehr bald konnte ich eine Eiche von einer Buche unterscheiden, wusste, wann Pappeln blühen und wo Waldmeister wächst. Ich hackte, schnitt und pflanzte mit ihm, mühte mich mit heißem Kopf ab, so mit einer Säge umzugehen, dass sie nicht dauernd klemmte, und sah in respektvoller Entfernung staunend zu, wenn ein großer Baum gefällt wurde. Dafür, dass ich einmal Weihnachtsmann werden wollte, schämte ich mich noch im Nachhinein. Aber da war ich wohl noch sehr klein gewesen. Jetzt gab es für mich nur noch einen Beruf: Förster. Ich war mittlerweile sieben Jahre alt und fühlte mich groß und stark und dem Leben gewachsen. Wenn das Wetter umschlug, konnte es passieren, dass Martin plötzlich taumelte und durch eine schwere Kriegsverletzung hervorgerufene rasende Kopfschmerzen bekam. Dann spielte ich den Sanitäter, suchte sorgsam eine trockene Stelle im Waldboden aus, befahl ihm, sich hinzulegen, rollte meine Jacke als Kopfkissen zusammen, holte seine Tabletten aus dem Rucksack, gab ihm aus seiner vorsorglich mitgebrachten Feldflasche zu trinken und bewachte seinen Schlaf, während ich mich Tagträumen hingab, in denen er an die Stelle meines Vaters getreten war und mich lobte, weil ich ihm einen von mir mit großer Überlegenheit dingfest gemachten und nun winselnd um Gnade flehenden Holzdieb brachte.

Ich war mir ganz sicher, Mutter mochte Martin. Sie kam immer häufiger mit der Begründung, mal sehen zu wollen, was ich denn so triebe, in den Wald spaziert und holte sich bei Martin Rat, wenn sie mit mir nicht mehr weiterwusste. Tatsächlich hatte ich mich zu einem ziemlichen Flegel entwickelt und verbot der armen Olga großspurig, Moritz auch nur anzufassen. Aber der blieb mir weiter untreu, würdigte mich meist keines Blickes und saß lieber schnurrend auf ihrem Schoß, was mich sehr wurmte, aber sicher auch daran lag, dass er Waldverbot hatte. Denn Katzen duldete Martin nun mal nicht in seinem Revier. Ich legte mich sogar mit Arnold, unserem Großmaul, an. Der Zwölfjährige hatte sich durch die amerikanischen Besatzer angewöhnt, hinter jedem Satz ein »Okay« anzubringen. Ich machte mich darüber lustig, und das bekam mir schlecht.

Olga und ich waren endlich eingeschult worden. Mutter zeigte sich richtig froh, mich los zu sein. »Ich hoffe, du kriegst einen ordentlich strengen Lehrer, der dich auch mal übers Knie legt.«

Den bekam ich nicht. Ich bekam das herzensgute, schon leicht angegraute Fräulein Schreiber, die, wie wir fanden, noch mächtig hinterm Mond lebte und vergeblich versuchte, uns nicht nur Lesen und Schreiben beizubringen, sondern auch die inneren Werte in uns zu fördern, und das mit Hilfe eines Buches, das den Titel trug: »Wie leite ich das deutsche Kind«.

»Ein deutsches Kind«, las sie uns vor, »versteckt nicht die Scherben, wenn es etwas zerschlagen hat. Es trägt sie zur Mutter und erklärt offen und treuherzig, was es angerichtet hat. Ein deutsches Kind, dem man jeden Wunsch erfüllt, wird immer anmaßender und lästiger in seinen Begierden.«

Olga fing an, bitterlich zu weinen. »Ich will kein deutsches Kind mehr sein«, schluchzte sie.

»Und warum nicht?«, fragte Fräulein Schreiber irritiert. »Auch wenn wir den Krieg verloren haben, auf unser Vaterland können wir trotzdem stolz sein.«

»Weil«, wimmerte Olga, »mir meine Oma dann keinen Puppenwagen schenken darf.«

Ein paarmal erlaubte ich Moritz gnädig, mich zu begleiten, obwohl mir nicht ganz klar war, ob es nicht eigentlich Olga war, der er zur Schule folgte. Die Klasse war begeistert, und Fräulein Schreiber nannte ihn »süß«. Er durfte beim Unterricht auf einem Stuhl neben ihr sitzen, und ich sah, wie seine Zunge jedes Mal über sein kleines Maul fuhr, wenn er sie anblickte. Ob Moritz auch seine Tagträume hatte? Vielleicht verwandelte sich für ihn das nette Fräulein vorübergehend in eine mollige Maus, oder plante er vielleicht schon seinen nächsten Verrat?

Das Glück mit Fräulein Schreiber dauerte nicht lange. Wir waren noch dabei, an der Wandtafel »rauf, runter, rauf und ein Pünktchen drauf« zu üben, da bekamen wir zur großen Zufriedenheit meiner Mutter einen Lehrer. Er übte mit uns erst mal Sitzen und Aufstehen, bis es militärisch zackig vonstatten ging. Und leider musste meine Mutter feststellen, dass ich nach einiger Zeit weit mehr Ahnung vom Gebrauch einer Panzerfaust hatte als vom Rechnen.

»Wird schon werden«, sagte meine Mutter, sich selbst tröstend, hübschte sich auf und ging ins Dorf, um sich dort, wie ich hoffte, mit Martin zu treffen und mit ihm in die Stadt zu fahren. Ich würde darüber kein Wort verlieren, da konnten beide ganz sicher sein. Mir war es nur recht, wenn er ein Mamaknutscher wurde.

Inzwischen hatte sich die Baracke sehr geleert. Mal war ein Ehemann aufgekreuzt und hatte Frau und Kinder abgeholt, mal hatte jemand eine bessere Unterkunft gefunden oder war bei der Verwandtschaft untergeschlüpft. Von den Kindern waren nur Arnold, das Großmaul, und Olga übrig geblieben. Umso erstaunter war ich, als sich am Heiligabend tatsächlich noch einmal ein Weihnachtsmann blicken ließ. Aber an seiner Stimme erkannte ich gleich, wen ich da vor mir hatte. Ich war ganz außer mir vor Freude, als Martin die Maske abnahm und mich und meine Mutter lachend mit den Worten in die Arme schloss: »Alle mal herhören, im Frühjahr wird geheiratet! Ihr seid alle eingeladen!«

Meine Mutter hatte die größten Schwierigkeiten, mir klarzumachen, dass nicht sie die Braut war, sondern eine junge Apothekerin im Nachbarort.

Ganz vaterlos bin ich aber dann doch nicht geblieben. Mutter heiratete später einen Beamten vom Finanzamt, der von Anfang an wusste, was die Glocke geschlagen hatte, mich lachend »Chef« nannte und immer bei allen Plänen vorsichtig fragte: »Was sagt denn unser Chef dazu?« Wir kamen gut miteinander aus. Natürlich war er nicht mit Martin zu vergleichen, aber er war immer fröhlich und gutgelaunt. Mein Berufswunsch aus Kinderzeit hat sich auch nicht erfüllt. Ich bin nicht Förster geworden. Doch die Freundschaft mit Martin ist geblieben. In jungen Jahren haben meine Frau und ich oft Urlaub in dem Ort gemacht, und das Interesse am Wald hat er auch in meinen Söhnen geweckt. Moritz hat nach unserem Auszug aus der Baracke ein neues Zuhause bei Fräulein Schreiber gefunden und schien weder Olga noch mich zu vermissen. Zum Schluss, wie man mir später berichtete, waren sie wohl beide etwas verwirrt. Er konnte nicht mehr so recht laufen, jagte mehr den Fliegen nach als den Mäusen und wurde von ihr in einem Puppenwagen spazieren gefahren.

Den Weihnachtsmann schätze ich immer noch. Ich spiele ihn gern bei meinen Enkeln oder erzähle ihnen von seinen Abenteuern. Allerdings müssen die Geschichten mehr der Zeit angepasst werden, und so ist er nicht mehr mit dem Schlitten, sondern mit einem Raumschiff unterwegs und lässt sich auf die Erde beamen.

Die Erbtante

Viele Jahre lang war Tante Doreen für die Familie das Idealbild eines alten Menschen gewesen. Man lobte sie über den grünen Klee, besaß sie doch in den Augen ihrer Familie alle Tugenden, die man von ihrer Generation erwarten konnte. Sie drängte sich niemandem auf, arbeitete noch gesundheitsfördernd im Garten, zeigte sich großzügig, wenn es mal irgendwo in der Verwandtschaft klemmte, und gab auch als Gesprächsstoff sehr viel mehr her als ihre Altersgenossinnen mit ehemaligen Allerweltsberufen wie Sekretärin, Krankenschwester, Stenotypistin oder Arzthelferin. Denn Tante Doreen war in jungen Jahren Balletttänzerin gewesen, nicht gerade eine Primaballerina, aber immerhin eine Zeit lang erste Solotänzerin des kleinen Corps de Ballet der Stadt. Später wurde aus ihr eine Kriegsbraut, deren Angetrauter drei Wochen nach der Hochzeit für Volk und Vaterland fiel. Kurz nach dem Krieg wechselte sie die Fronten, einem amerikanischen Colonel zuliebe, der die junge deutsche Witwe nach Amerika mitnahm und heiratete. Zu ihrem großen Glück erwies er sich als vorbildlicher Geschäftsmann, der ihr, als er starb, einen Batzen Geld hinterließ.

Als die Siebzigjährige in ihre Heimatstadt zurückkehrte, wurde sie zunächst von ihrer Verwandtschaft sehr zurückhaltend aufgenommen. Diese Tante, deren Deutsch jetzt so fremdartig klang wie das des englischen Starmoderators Chris Howland, mit ihrer Vorliebe für grelle Farben wirkte doch reichlich merkwürdig. Sie schmückte die Gräber ihrer inzwischen verstorbenen Geschwister mit Plastikblumen und zwei porzellanenen Möpsen, deren Augen durch einen geheimnisvollen Mechanismus in regelmäßigen Abständen aufleuchteten. Außerdem hatte sie die Angewohnheit, ihre Morgeneinkäufe in Lockenwicklern zu erledigen. Aber das war nun alles lange, lange her, und die jüngere Generation konnte über so viel Engstirnigkeit der lieben Familie nur noch lächeln.

Am meisten jedoch lobte man an ihr, wie sorgsam sie die letzten Dinge des Lebens geordnet hatte, was ja die meisten Alten bedauerlicherweise nicht so recht auf die Reihe bekamen. Sie hatte mit einem Beerdigungsinstitut einen Vertrag abgeschlossen, die Auswahl des

Grabsteins getroffen – und selbstverständlich im Voraus bezahlt – und auch das Wichtigste nicht vergessen, nämlich ein vernünftiges Testament. Davon, dass dieses wertvolle Dokument nicht nur in ihrem Kopf, sondern vorschriftsmäßig handschriftlich niedergeschrieben existierte, konnten sich die in Frage kommenden Erben selbst überzeugen, und zwar immer dann, wenn sie zu Besuch waren und die Tante ihr Mittagsschläfchen hielt. Jeder von ihnen wusste, wo dieses kostbare Schriftstück aufbewahrt wurde, hatte Tantchen doch kein Geheimnis daraus gemacht. Und so konnte man sich hin und wieder darüber informieren, ob inzwischen irgendetwas daran verändert worden war. Ein sehr vernünftiges Testament, wie jeder für sich dachte, denn man sprach untereinander nicht darüber. Gern hielt man dieses vorausschauende Glanzstück von Tante anderen enttäuschten, mit dem Schicksal hadernden Erben unter die Nase, sodass die, schon wenn man nur den Namen Doreen aussprach, zusammenzuckten. Besonders hart traf der Vergleich jene, die von ihren Eltern mit großzügigen Schenkungen bedacht worden waren, ehe diese sich erwartungsgemäß in ein Altersheim begaben, aber nun erleben mussten, dass die Preise schneller stiegen als das Ruhegeld. Nun sahen sie sich gezwungen, in die eigene Tasche zu greifen, denn das geschenkte Geld hatte sich längst in Häuser, Autos oder kostspielige Reisen verwandelt. Oder man hatte, was auch durchaus nicht selten war, einen Haufen Schulden geerbt, von denen man vorher nichts wusste.

Wie tröstlich, dass es noch Menschen wie Tante Doreen gab. Nur der junge Anwalt, den sie sich ausgesucht hatte, passte nicht recht ins Konzept. Zu jung, zu schnöselig, zu glatt. Aber sie hatte mit seinem Großvater, wie man sich erzählte, ein Techtelmechtel gehabt. Und da konnte die Familie noch so gütig auf sie einreden, was diesen jungen Mann betraf, ließ sie nicht mit sich handeln. Das musste man, wie man sich gegenseitig versicherte, selbstverständlich akzeptieren. Eine ihrer Nichten, eine Sozialpädagogin, betonte, schließlich sei die Tante noch eine eigenständige Person, obwohl auch sie es etwas leichtsinnig fand, diesem jungen Anwalt gleich eine Generalvollmacht zu geben.

Die Tante, bis dahin recht kregel, wenn auch mit leicht nachlassendem Gehör und kleinen Unpässlichkeiten behaftet, marschierte nun unverdrossen auf die neunzig zu, immer noch ausgestattet mit einer tadellosen Figur, einem elastischen Gang und einer klangvollen Stimme, die noch nichts von dem sonst üblichen altersbedingten Gekrächze hatte. Das Gesicht unter dem leicht getönten kräftigen Haar war lediglich von einem Kranz feiner Runzeln überzogen. Nur die Augenlider glichen mehr und mehr ein wenig ausgeleierten Rollos, die auf halber Höhe hängen geblieben waren. Doch die Augen, die darunter mit wachem Blick hervorblinzelten, waren keineswegs altersgetrübt, sondern von einem kräftigen Blau. Erst als sie die neunzig erreicht hatte, zeigten sich dann hin und wieder einige seltsame Störungen. So bekam die Familie plötzlich bis dahin unbekannte Details ihrer Biographie serviert, dass sie zum Beispiel als kleine Ballettmaus häufig von hohen Nazis eingeladen worden war, Heinrich Himmler in die kalten Augen geblickt und von Hermann Göring huldvoll die weiche, ringgeschmückte Hand gereicht bekommen hatte, ja sogar Joseph Goebbels ihr mit charmantem Lächeln entgegengehumpelt war. Jemand aus der verwirrten Verwandtschaft wollte von ihr wissen, ob diese bösen Buben womöglich ihrer Tugend zu nahe getreten seien. Die Tante lachte und sagte, wie man fand, fast ein wenig bedauernd den Kopf schüttelnd: »Nein, nicht mal in den Po haben sie mich gekniffen.« Die Familie fand das Ganze zwar etwas peinlich, andererseits aber auch wieder hochinteressant.

Wie häufig bei Leuten zu beobachten, die mit etwas besonderen Erfolg haben, begann auch Tante Doreen zu übertreiben und brachte damit einen jungen, in historischen Abläufen nicht sehr bewanderten Journalisten in Bedrängnis. Zu ihrem neunzigsten Geburtstag ließ der Chefredakteur der Lokalzeitung ein Interview mit ihr machen. Schließlich war sie ein Kind der Stadt, und ihr Foto hing immer noch im Foyer der städtischen Oper. Der junge Mann war noch neu in seinem Metier, und was Tante Doreen ihm auftischte, glaubte er ihr aufs Wort. Doreen, die sich seit neuestem für die bunten Blätter interessierte und darin den Lebensläufen und Schicksalen von Kaisern und Königen folgte, war dadurch plötzlich in ihren Erinnerungen auf einen ähnlichen Lebensweg geraten und beschrieb ihrem Gast weitschweifig ihren Besuch beim König von Polen. Zwar kam ihm das Ganze ein wenig merkwürdig vor, aber andererseits, diese alte Dame, die da so proper gekleidet und hübsch anzusehen vor ihm saß, hatte schließlich zwei Kriege mitgemacht, wie er zu wissen meinte, und war in einem biblischen Alter. Da lag diese Geschichte für ihn durchaus im Bereich des Möglichen.

Das Interview löste eine Lawine von Leserbriefen aus. Teils belustigt, teils empört wies man auf diesen fatalen Schnitzer wieder und wieder hin. Der Chefredakteur war ebenso außer sich wie beunruhigt. Er fürchtete, dass sein neuer, schwer erkämpfter Job, noch dazu nur für zwei Jahre gesichert, wieder verloren gehen könnte, und sah sich bereits als Hartz-IV-Empfänger. Schließlich war er nicht mehr der Jüngste und dieses Lokalblättchen seine letzte Chance.

»Was haben Sie sich denn da für einen Bären aufbinden lassen«, bellte er den schnell herbeigerufenen jungen Kollegen an, »so einen Schwachsinn habe ich überhaupt noch nicht gelesen«, und fügte sarkastisch hinzu, er gehöre wohl der bildungsfernen Unterschicht an. Der Junge war total perplex und verwundert dazu. Was wollte dieser alte Knacker, dem schon die Haare aus der Nase wuchsen und der wahrscheinlich einer Generation angehörte, die bestimmt noch nie eine Universität von innen gesehen hatte. So was von einem Sturm im Wasserglas! Der Chef sah ja aus, als stehe er kurz vor einem Schlaganfall. »Die Dame hat zwei Weltkriege miterlebt«, sagte er trotzig.

Sein Chef sah ihn an, als sei er geisteskrank. »Sie war zwei Jahre alt, als der Erste Weltkrieg zu Ende war. Und außerdem: Der letzte König von Polen hieß August der Starke, und das ist dreihundert Jahre her. So alt ist die Dame wohl doch nicht.«

Der so Gescholtene verschwand mit einer gemurmelten Entschuldigung. Viel Lärm um nichts, dachte er, als er seinem Büro zustrebte. Auf jeden Fall war es ein sehr anregender Nachmittag mit der alten Dame gewesen, wenn man bedachte, dass sie sozusagen bei der Prominenz der Nazis ein und aus gegangen war. Auf jeden Fall wollte er dranbleiben. Und was den König von Polen betraf, wahrscheinlich war das ja nur eine Verwechslung, und sie hatte den letzten Zaren gemeint, dachte der junge Mann, von geschichtlichen Daten nach wie vor unbeeindruckt. Mochte sich der Alte auch noch so aufregen, immerhin hatte der Artikel ein großes Echo gefunden. Das war für die Auflage das Wichtigste.

Die Familie nahm diesen Fauxpas eher gelassen. Viel mehr beunruhigte sie, dass die Tante inzwischen ausdrücklich darauf beharrte, selbst zu bestimmen, bei wem sie das Weihnachtsfest verbringen wollte. Früher hatten sie das alle unter sich ausgemacht, und sie war immer sehr einverstanden damit gewesen. Aber neuerdings zeigte sie sich uneinsichtig. Im letzten Jahr hatte sie einen Neffen als Gastgeber so spät ausgesucht, dass er eine lang geplante Kreuzfahrt absagen musste, was sehr ärgerlich, aber unumgänglich war, weil er einen stattlichen Kredit von ihr bekommen hatte.

In diesem Jahr – man schrieb inzwischen Oktober – hatte sie sich immer noch nicht zu einer Entscheidung durchringen können. Die Nichte und Sozialpädagogin stellte sofort die Diagnose »Altersdepression« und hatte gleich die richtige Lösung zur Hand. Das Beste dagegen sei der Besuch von fröhlichen Kindern. Zum Beispiel von ihrem Felix. Der habe sogar einen finster vor sich hinbrütenden Nachbarn im Rollstuhl zum Lachen gebracht. Noch heute, sagte sie sehr bestimmend, werde sie ihn zu der Tante schicken.

Die anderen Mütter tauschten bedeutungsvolle Blicke. Typisch Kusine Jutta. Sie benutzte wirklich jede Gelegenheit, um ihren unscheinbaren Sohn anzupreisen. »Pass nur auf«, sagten sie mit gespielter Besorgnis, »dass sie mit ihm nicht im Auto herumkutschiert. Sie hat neulich erst beinahe einen Hund überfahren.«

Die Sozialpädagogin fuhr zusammen. »Gut, dass ihr mir das sagt. Tantchen könnte sich nun wirklich mal dazu durchringen, den Führerschein abzugeben.«

Doch diese Bedenken hinderten sie nicht daran, ihren Plan sofort in die Tat umzusetzen. Sie pickte sich ihren Liebling aus der Gruppe lärmender Freunde, die gerade dabei waren, den Ball mit großem Schwung gegen das Garagentor des Nachbarn zu knallen, und Felix ahnte düster, was ihm bevorstand. Sie würde ihn in die Wanne stecken und auf seinem Kopf herumrubbeln, weil mal wieder Besuch erwartet wurde oder sie irgendwo mit ihm hinfahren wollte. Bereits jetzt spürte er das Shampoo in den Augen brennen und das Ziepen, wenn sie ihm die Haare kämmte, die er als Einziger von seinen Freunden schulterlang tragen musste. Er hasste seine Mutter. Er hasste sie von ganzem Herzen. Früher hatte er sie mal geliebt, aber das war schon lange her. Das hinderte ihn jedoch nicht daran, jede Nacht, seinen Teddy unter dem Arm, vor dem Bett der Eltern zu erscheinen, hineinzukriechen und sich zum Ärger seines Vaters an sie zu kuscheln.

Als er nach dieser entsetzlichen Prozedur inklusive Garderobenwechsel vor ihr stand, glänzten ihre Augen. Er war ihr Little Lord Fauntleroy. »Jetzt siehst du wenigstens wieder wie ein Mensch aus«, sagte sie zufrieden. Schon saß er im Auto, und Minuten später setzte sie ihn trotz seines Protestes an der Gartenpforte seiner Tante ab, winkte ihm noch einmal zu und brauste davon. Schicksalsergeben trottete er, einen kleinen Blumenstrauß in der Hand, zur Haustür und klingelte. Die Polin, deren liebevolle Art, mit der sie die Tante betreute, von der Familie teils gewürdigt wurde, teils den Argwohn weckte, sie könne sich zu sehr in das Herz der Tante schleichen, drückte Felix herzlich an sich und gab ihm ein paar schmatzende Küsse, die er ergeben hinnahm. Diese Küsserei, dachte er, müsste einfach verboten werden. Die Tante erwartete ihn schon im Wohnzimmer. Wie er sehr zufrieden feststellte, stand da ein ganz nach seinen Wünschen mit Eis in den verschiedensten Sorten und einem von ihm sehr geschätzten Kuchen ausgestatteter Kaffeetisch. Die Tante sah ihm zu, wie er alles in sich hineinstopfte, und sagte erfreut: »Gott sei Dank, hier gibt es wenigstens mal keine Reste.« Dann stellte sie ihm eine wundervolle Frage: »Also«, sagte sie, »nun verrat mir mal deinen Herzenswunsch.«

Er brauchte nicht lange zu überlegen. »Ich möchte einmal so aussehen wie meine Freunde«, sagte er mit einem melancholischen Unterton. Dann fügte er hinzu: »Vielleicht kannst du mir mal die Haare schneiden.«

»Warum tust du's nicht selbst?«, fragte die Tante.

»Dann kriegt sie 'ne Krise«, sagte Felix finster. »Hundertprozentig.«

»Und wenn ich sie dir abschneide nicht?«

Er schüttelte den Kopf. »Bei dir ist das ganz was anderes.«

»Interessant«, bemerkte die Tante. »Dann wollen wir mal eine kleine Spritztour machen.«

Zwei Stunden später war Felix wieder zu Hause. Bei seinem Anblick verschlug es der Mutter die Sprache. Ihr Little Lord Fauntleroy hatte sich in einen Prolli verwandelt, die Haare kurz, mit Gel schwungvoll nach oben gekämmt, mit glänzenden Schlabberhosen, einer Baseballmütze und einem kurzärmligen T-Shirt mit dem Namen eines bekannten Fußballvereins. Was für abstehende Ohren er hatte! Das war ihr vorher noch nie so aufgefallen. Mein Gott, diese alten Menschen. In diesem Augenblick waren ihre Gefühle gegenüber der Tante alles andere als freundlich.

»Wie sehe ich aus?«, fragte der Junge überglücklich.

»Nun ja«, murmelte sie, »die Geschmäcker sind verschieden. Wie bist du denn überhaupt nach Haus gekommen?«

»Mit der Tante.«

»Ich habe dir ausdrücklich verboten, dich von ihr fahren zu lassen!«, rief die Mutter aufgebracht.

»Sie fährt besser als du«, sagte Felix, schon in der Tür. »Das nächste Mal wollen wir in den Zoo gehen. Sie hat eine Vorliebe für Elefanten.«

Die Sozialpädagogin dachte nach. Es hatte wenig Sinn, sich über Tante Doreens Eigenwilligkeit zu ärgern. Schließlich hatte sie es gut gemeint, und anscheinend war es ein sehr erfolgreicher Nachmittag gewesen, der weitere Besuche versprach.

Ihr Handy klingelte. Ihre Schwester wollte wissen, wie es denn mit Felix' Besuch bei der Tante so gewesen war.

»Ein sehr gelungenes Unternehmen, Schwesterherz«, sagte die Sozialpädagogin. »Man soll ja sein eigenes Kind nicht loben, aber du weißt ja, Felix ist aller Welt Freund. Sie will sogar mit ihm in den Zoo gehen.«

Beim Schwesterherz schlugen die Alarmglocken. Höchste Zeit, auch eins ihrer Kinder ins Rennen zu schicken. Die dazu auserwählte vierzehnjährige Amei zeigte alles andere als Begeisterung, einen Nachmittag mit dieser Mumie zu verbringen. Aber die Aussicht auf ein neues Handy – »Vielleicht, mal sehen, wir sprechen noch darüber« – erhöhte ihre Bereitschaft erheblich.

»Die reinste Invasion«, murmelte Tante Doreen ein wenig verblüfft, als ihr der Besuch der Großnichte angekündigt wurde. Die Polin lachte.

Ameis Mutter hatte es fertiggebracht, sie in einem Aufzug loszuschicken, in dem sich die Tochter wie verkleidet fühlte: weiße Polobluse mit blauem Schlips und blauem Faltenrock, das Gesicht natürlich ungeschminkt. Nun fühlte sie sich auch noch nackt. Nicht einmal den obligaten Lidstrich hatte ihre nervige Mutter erlaubt.

Tante Doreen staunte. »Ist das jetzt wieder Mode?«, fragte sie. »Uniform vom VDA?«

»Was is'n das?«, fragte Amei mürrisch.

»In meiner Jugend trugen das die auslandsdeutschen Mädchen deines Alters.«

Das fand ja nun Amei voll krass, und aus dem öden Besuch bei einer alten Frau wurde ein sehr vergnügter Nachmittag einschließlich Shopping.

»Unterm Dach, juchhe, unterm Dach, juchhe, hat der Sperling seine Jungen« trällernd kehrte sie nach Hause zurück.

»Seit wann singst du Volkslieder?« wollte die verwunderte Mutter wissen.

»Ich tu's eben«, sagte Amei.

Ihre Mutter musterte sie kritisch. »Du bist so aufgekratzt. Hast du etwa was getrunken?«

Ja, gab Amei zu, das hatte sie. Darum hatte ihr die Tante auch eine Taxe spendiert.

»Und was hast du getrunken?«, bohrte die Mutter weiter.

»Eierlikör.« Vergnügt warf sie sich in den Sessel.

»Nun erzähl schon«, drängte die Mutter. »War's nett?«

Statt einer Antwort hob Amei ihre Bluse und präsentierte ihr den nackten Bauch. Der Blick der Mutter fiel auf einen gepiercten Bauchnabel.

»Handy Ade«, sagte die Mutter mit tonloser Stimme.

»Geschenkt!«, rief die Tochter triumphierend

und legte ein Handy der teuersten Sorte auf den Tisch. Und dann ließ sie sich sogar herab, ein wenig über die Tante zu berichten, über den polnischen König, wie es beim Ballett zuging, »üben, üben, üben«, und über ihre Vorliebe für den Zoo.

»Was hat sie denn sonst noch so erzählt?«, fragte die Mutter.

»Was Alte so reden, von früher, von früher, von früher. Aber ihr Ami muss klasse gewesen sein, hatte wohl 'ne Farm oder so. Aber jetzt will ich erst mal die Klamotten hier loswerden.«

Sie ging zur Tür. Die Mutter rief hinterher: »Auf keinen Fall zeigst du irgendjemandem aus unserer Familie deinen Bauch! Hörst du?«

»Ich bin noch nicht so taub wie du!« Die Tür flog ins Schloss.

Zur großen Überraschung aller und auch wieder reichlich spät teilte Tante Doreen dann der Familie mit, dass sie diesmal Weihnachten allein zu Hause feiern wollte. Erleichtert, wenn auch etwas besorgt, sie würde sich doch wohl nicht diesen jungen, noch unverheirateten Schnösel einladen, tippte man dann aber doch mehr auf eine alte Freundin, buchte Flüge und löste Fahrkarten in alle Richtungen. Gott sei Dank war Tantchen ja bei dieser reizenden Polin gut aufgehoben. Das einzige Mitglied der Familie, das maulte, es würde auch viel lieber zu Haus bleiben und mit Tante Doreen in den Zoo gehen, war Felix. Er hatte inzwischen ebenfalls seine Liebe zu den Elefanten entdeckt und war bei den Zoobesuchen sogar einmal mit ihr gemeinsam auf einem geritten. Elefanten fand er jetzt fast so geil wie Fußball, aber seine Mutter wollte nun mal einen Tapetenwechsel. Wenn sie etwas wollte, hörte sie wie gewohnt nur noch halb hin. Und was sie unbedingt von ihrem Sohn wissen wollte, war, ob Tantchen ihm gesagt habe, wer Heiligabend ihr Gast sein werde. Aber das interessierte wiederum Felix nicht, und er zuckte nur mürrisch die Achseln.

Wie immer im Leben kam alles anders. Kaum war die Familie in den verschiedenen Urlaubsorten angekommen, erreichte sie die Hiobsbotschaft von Tante Doreens plötzlichem Tod. Man brach seine Zelte ab und fuhr nach Haus. »Ein schöner Tod«, sagte der Arzt, »der Traum eines jeden alten Menschen, so sterben zu dürfen.«

Die Familie nickte zustimmend, wenn auch manche insgeheim dachten, die Tante hätte damit auch gut bis nach Neujahr warten können. Die erst ganz aufgelöste Polin wirkte nach ein paar Tagen schon wieder recht gefasst. Der junge Anwalt hatte sich diese Perle nicht entgehen lassen und sie für seine Mutter angestellt. Nun musste aber erst mal der weihnachtliche Schmuck weggeräumt und die Tanne entsorgt werden.

»Wer war denn nun der Gast?«, wollte die Sozialpädagogin endlich wissen, die der Polin bei dieser Arbeit zusah. Die murmelte etwas, das wie »Lukas« klang.

»Und wer ist dieser Lukas?«, fragte Felix' Mutter erschrocken. Sie erfuhr, dass sich die Tante mit einem pensionierten Elefantenwärter angefreundet hatte, eine, wie sie fand, sehr beunruhigende Tatsache. Sie beschloss, das Gehörte für sich zu behalten, es würde sonst nur ein Durcheinander von Vermutungen und womöglich argwöhnische Gespräche mit dem Anwalt geben. Ändern ließ sich jetzt sowieso nichts mehr. Andererseits meldete sich die Sozialpädagogin in ihr zu Wort. Man musste ja leider zugeben, dass man sich in letzter Zeit nicht mehr allzu sehr um die Tante gekümmert hatte und dieser Liebesdienst anscheinend von dem Elefantenwärter übernommen worden war.

Die Tante hatte das Plätzchen zwischen den Gräbern von Bruder und Schwester rechtzeitig gekauft, und so war die Familie wieder vereint.

Es wurde eine größere Beerdigung als gedacht, bei der sich die Trauernden hinterher allerdings schnell verliefen. Nur Felix hatte man zu Hause gelassen, der aber seinem Teddy die Geschichten von dieser Tante und den Elefanten erzählte. Amei war wegen einer starken Erkältung ebenfalls zu Hause geblieben. Zwischen abwechselndem Husten und Niesen betrachtete sie sich ihren Bauchnabel und weinte. Zu Ehren der Tante trug sie eine Woche lang den blauen Faltenrock mit der Polobluse, was die Familie gerührt zur Kenntnis nahm.

Die Testamentseröffnung fand nach Neujahr statt. Die Familie versammelte sich in der Kanzlei des Anwalts. Die einzelnen Vermächtnisse sorgten für überwiegend zufriedene Gesichter.

»Und nun zum Haupterben«, sagte der Anwalt. Genießerisch machte er eine kleine Pause. Durch die Familie ging eine leichte Bewegung. Hoffentlich nicht dieser Schnösel, dachten einige. Um den Mund des Anwalts spielte ein Lächeln, als er fortfuhr:

»Haupterbe ist ein gewisser Lukas.«

»Ich hätt's mir denken können!«, rief Felix' Mutter. »Es ist der Elefantenwärter. Mit ihm wollte sie gemeinsam das Weihnachtsfest feiern.«

Das Lächeln des Anwalts vertiefte sich. »Da muss ich Sie berichtigen, gnädige Frau«, sagte er. »Lukas ist ein Elefantenbulle. Ich habe die Aufgabe, für ihn eine Stiftung einzurichten.«

Alle schwiegen mit äußerster Beherrschung, bis auf Felix' Vater, der nicht gerade zu den am besten erzogenen Familienmitgliedern gehörte. »Was wird jetzt mit dem Haus?«, fragte er. »Der Elefant wird ja wohl kaum darin wohnen.«

»Das ist richtig«, sagte der Anwalt, »aber er kann die Miete kassieren.«

»Und überhaupt, was wird aus dem ganzen Zaster, wenn dieses Tier tot ist?«, rief Felix' Vater.

»Den Zaster, wie sie es nennen, bekommt Ihr Sohn«, sagte der Anwalt ruhig. »Ich habe dafür zu sorgen, dass alles seine Ordnung hat. Die Beerdigung des Elefanten ist ebenfalls Sache der Stiftung. Ihre Tante hat großen Wert darauf gelegt, dass er nicht einfach verbrannt wird, und eine Erdbestattung bestimmt. Alle Tierpfleger des Zoos sind dazu eingeladen.«

Felix' Mutter fiel plötzlich ein, dass ihr Sohn viel von diesem Elefanten gesprochen hatte und auch davon, wie alt so ein Tier ungefähr wurde. So um die siebzig rum war's wohl. Sie rechnete schnell nach. Der Elefant war jetzt fünfzig, wie sie ebenfalls von Felix wusste. Das Erbe würde ihr Junge also bekommen, wenn er zwischen zwanzig und fünfundzwanzig war. Genau das richtige Alter, um ihn auf die besten Universitäten dieser Welt zu schicken.

Gleich am nächsten Tag ging sie mit Felix durch die Geschäfte, um etwas ganz Persönliches von ihm für Tante Doreens Grab auszusuchen. Es war nicht einfach, etwas Passendes zu finden. Aber dann stießen sie auf eine weiße Plastikvase, die einen Elefanten darstellte und Felix sehr gefiel. Auch das Sträußchen künstlicher Vergissmeinnicht, das aus dem Rücken des Elefanten emporwuchs, fand seinen Beifall. Seine sonst eher kritische Mutter musste zugeben, dass der Elefant, wie er da so zwischen den beiden Möpsen stand, vielleicht ein wenig kitschig wirkte, aber auch etwas sehr Anrührendes hatte.

Der Elefantenwärter, dem gegenüber sich die Tante bei der Aufbesserung seiner Rente ebenfalls sehr großzügig gezeigt hatte, erwies sich als ein netter, belesener Mann, der fesselnd zu erzählen wusste und für Felix eine Art Gott wurde, sodass der Fußball dabei mehr und mehr ins Hintertreffen geriet.

Die Zeit verging, und als Felix gefragt wurde: »Na, mein Junge, was willst du einmal werden?«, sagte er, als sei es das Selbstverständlichste der Welt: »Elefantenwärter.«

Die Mutter lächelte milde, aber das Schwesterherz konnte sich die Bemerkung nicht verkneifen, es sei doch sehr beruhigend für Eltern in der heutigen Zeit, ein Kind mit einem seiner Begabung entsprechenden Berufsziel zu haben – dann brauche man sich nicht so viele Gedanken wegen seiner schlechten Noten zu machen.

Öfter mal was Neues

Tilli Bergmann war eine gläubige Fernsehzuschauerin und unterstrich ihre Meinung zu dem, was so im Heim diskutiert wurde, gern mit dem Hinweis, in dieser oder jener Sendung sei man derselben Ansicht gewesen. Unter den Senioren spielte sie nicht gerade die erste Geige, dafür redete sie ein bisschen zu viel, und ihre Angewohnheit, zu allem und jedem einen Spruch parat zu haben, ob er passte oder nicht, wurde zwar belächelt, aber in ihrer munteren, gelegentlich etwas vorlauten Art war sie ganz beliebt. Doch von einem Tag auf den anderen – »Unverhofft kommt oft«, würde Tilli sagen – avancierte sie zum Star, denn das, was sie nun zu bieten hatte, ging weit über das allgemeine Gerede über Wetter, Enkelkinder und Zipperlein hinaus. Diese unerwartete Karriere verdankte Tilli einem bärtigen jungen Mann, der ihr im Supermarkt plötzlich ein Mikrophon unter die Nase hielt und fragte: »Was halten Sie von Gruppensex?«, worauf sie die blitzschnelle, wenn auch nicht ganz treffende Antwort gab: »Wir leben alle unter demselben Himmel, aber wir haben nicht alle denselben Horizont.«

»Klasse«, sagte der Bärtige bewundernd, »von wem is'n das?«

»Von Konrad Adenauer, junger Mann«, sagte Tilli. »Wahrscheinlich haben Sie noch nie etwas von dem gehört.«

Es gab ein munteres Geplänkel, bei dem der Interviewer ihr Äußeres unauffällig musterte und zufrieden registrierte: wetterfest angezogen, Hackenporsche, Ballonmütze mit Schirm, ein Allerweltsgesicht, aber mit jener trotzig drohenden Miene, die zu sagen schien: »Leg dich nicht mit mir an, noch lebe ich«, die maulige Verkäuferinnen ebenso zur Räson brachte wie salbadernde Kommunalpolitiker an den Wahlständen auf dem Wochenmarkt, wenn sie von der bedrohlich zum Kopfstand ansetzenden Alterspyramide sprachen. Alles in allem also eine typische Vertreterin der Kriegsgeneration, alleinstehend, rüstig und kritisch, wie sie zu Hunderten die Stadt bevölkerten. Genau das, was er brauchte. Er fragte deshalb, ob Tilli nicht Lust habe, an einer Talkshow teilzunehmen.

»Klasse«, sagte Tilli, nun auch jugendlich begeistert, und er schrieb sich Adresse und Telefonnummer auf.

Die Talkshow, die der junge Mann meinte, gehörte zu einem jener Produkte, die flächendeckend um die Mittags- und Nachmittagszeit das Fernsehprogramm beherrschten und sich großer Beliebtheit erfreuten, wenn auch oft nur, weil man sich über das, was man da zu sehen bekam, so schön entrüsten konnte.

Die Einladung kam tatsächlich, und Tillis Freundin sagte: »Mach dich ein bisschen schick, wenn du da hingehst.«

Tilli versprach es. Doch dummerweise machten lauter kleine Missgeschicke diesen guten Vorsatz zunichte. Als Erstes verpasste ihr die Vertretung ihres gewohnten Friseurs eine viel zu kräftige Dauerwelle, in der Meinung, davon habe die alte Frau wenigstens für ein paar Monate was, und verwandelte ihr weißes Haar in etwas, das einem Pudel gut gestanden hätte. Dann konnte sie ihre Haftschalen nicht finden und musste zu einer längst ausrangierten altmodischen Kassenbrille greifen, mit der sie wie ein melancholischer Uhu aussah. In der Hast des Aufbruchs erwischte sie ihre alten Gesundheitsschuhe, die sie nur noch für Wanderungen anzog, und dann auch noch den falschen Mantel.

Im Sender angekommen wurde sie, während das Publikum noch draußen wartete, sogleich in den Zuschauerraum komplimentiert und kurz von der Moderatorin instruiert, wie sie sich verhalten solle.

»Seien Sie ganz Sie selbst, sagen Sie Ihre Meinung frank und frei und folgen Sie Ihrem eigenen Urteil.«

Tilli nickte beklommen.

»Wunderbar«, sagte die Moderatorin und verschwand, während nun die Zuschauer hereinströmten. Sie wirkten ausgelassen, und man sah ihnen an, dass sie eine Art Kasperletheater für Erwachsene erwarteten. Der hampelige junge Mann, der die Moderatorin ablöste und den Beifall mit ihnen übte, schien ihre Erwartungen zu bestätigen, denn er brachte sie mit lockeren Sprüchen immer wieder zum Lachen.

»Regel Nummer eins«, rief er: »Klatschen, klatschen, klatschen. Zeigen Sie, was Sie denken, Missfallen oder Zustimmung, und alles schön lautstark.«

Zu Tillis Erleichterung ging es nicht um das Thema Gruppensex, sondern um das Recht auf Kinder. Die Moderatorin erschien wieder, hielt einen großen Notizblock im Arm wie Moses die Gesetzestafeln und stellte den Fall einer völlig zerstrittenen Familie vor, in der die Eltern zum Ärger ihrer unmündigen Tochter deren Recht auf Kinder eher zurückhaltend beurteilten. Es erschien eine reichlich gepiercte Siebzehnjährige mit ihrer Mutter und nahm mürrisch Platz. Die schon recht füllige Jugendliche legte auf eine kurze Frage der Moderatorin gleich los. »Kinder!«, rief sie. »Kinder sind – Kinder sind einfach geil!«

Die Moderatorin sah auf ihren Notizblock. »Sie haben bereits zwei? Sven und Britta, ist das richtig?«

»Ja«, sagte die junge Mutter stolz. »Aber ich möchte unbedingt noch ein drittes.«

Die Moderatorin studierte wieder ihren Notizblock. »Aber finanziell werden Sie noch voll von Ihren Eltern unterstützt und könnten sich ein weiteres eigentlich nicht leisten.«

»Was heißt hier nicht leisten?«, sagte die junge Mutter. »Dafür hab ich doch die da.«

»Die da«, war eine besorgt aussehende Vierzigjährige, die nach Meinung ihrer Tochter nur noch eine Pflicht im Leben hatte, nämlich sich um vorhandene und zukünftige Enkelkinder zu kümmern.

»Wo ist denn der Vater von Sven und Britta?«, fragte die Moderatorin.

Die junge Frau lachte grimmig. »Der? Den hab ich längst in die Bohnen gestellt. Arbeitsloser Trinker. Was kann der mir schon bieten?«

»Und was machen Sie?«

»Ich bin noch in der Ausbildung. Ich will Stylistin werden.«

»Sie ist gerade durch die Prüfung gefallen«, sagte die Mutter leidend. »Und überhaupt, es wird Papa auch zu viel, wenn er nach Hause kommt von der Schicht, und ständig wuseln zwei Kinder durch die Wohnung. Er hat ja schließlich acht Stunden schwer gearbeitet.«

»Kinder sind doch das Höchste!«, rief die Tochter mit moralischer Entrüstung. »Das kann man überall lesen. Kinder sind für unsere Gesellschaft das Wichtigste. Und jeder ist verpflichtet, uns junge Mütter zu unterstützen.«

Das war Tillis Stichwort. »Nun machen Sie mal halblang!«, rief sie. »Und verzapfen Sie nicht solchen Unsinn!« Sie geriet richtig in Fahrt, sprach von Verantwortungslosigkeit, von Egoismus und kam dabei immer mehr in Rage, was die junge Mutter völlig unbeeindruckt ließ. »Hat die Alte 'n Schatten, oder was is' mit ihr los?«, fragte sie halblaut die Moderatorin.

Die machte ihr Pokergesicht. »Hier kann jeder seine Meinung sagen.«

Leider fing Tilli an, mehr und mehr auf das Wort »früher« zurückzugreifen, sodass sich schließlich ein junger Mann mit einem Ziegenbärtchen bemüßigt fühlte, der Angegriffenen zu Hilfe zu kommen. »Das ham wir ja nu begriffen. Früher war alles besser, besonders unter Adolf.«

»Adolf hin, Adolf her«, sagte Tilli kriegerisch. »Wir mussten nach dem Krieg mit dem auskommen, was wir hatten. Wenn wir uns darauf verlassen hätten, der Staat würde uns schon versorgen, dann wären wir verhungert.«

Der junge Mann zupfte an seinem Bärtchen. »Lass gut sein, Oma. Schätze mal, hast noch lange an den Klapperstorch geglaubt.«

»Und Sie glauben immer noch, dass Ihnen ein Tischleindeckdich ein Leben lang zusteht.« Tillis Augen funkelten.

Zum Schluss zeigte die junge Mutter ein gewisses Verständnis für ihre geplagten Eltern, aber wirklich nur ein gewisses, denn sie sagte, sie wolle es sich noch mal überlegen, aber versprechen könne sie nichts. Es gab wiederum rauschenden Beifall, und zwei junge Männer mit Irokesenschnitt stießen sich an und sagten: »Aber die Oma, echt geil.«

Zu ihrer Überraschung wurde Tilli von der

Moderatorin hinterher für ein Gespräch ins Studio gebeten. Die Moderatorin knipste ihr stählernes Lächeln an, sagte gütig: »Frau Bergmann, Sie waren einfach wunderbar«, und lud sie zur nächsten Sendung ein. Das Thema stehe zwar noch nicht fest, aber es werde ihr bestimmt gefallen.

Tilli sah sie unschlüssig an. »Ich weiß nicht recht«, sagte sie zögernd. »Ich fand mich ziemlich peinlich. Und mit meiner Schulbildung ist es auch nicht weit her.«

Die Moderatorin lachte. »Wir machen doch hier keine Quizsendung. Hier ist der gesunde Menschenverstand gefragt. Ich kann Ihnen nur noch einmal versichern, Sie machen es wunderbar. Vertrauen Sie mir. Also, einverstanden?«

Tilli nickte geschmeichelt.

»Wunderbar.« Die Moderatorin hatte es jetzt sehr eilig, sie loszuwerden, und Tilli machte sich auf den Weg ins Heim. Das ihr dort entgegengebrachte Interesse war ein Triumph für sie. Alle im Aufenthaltsraum versammelten Senioren, die gerade dem Bericht einer Mitbewohnerin über den von ihr besuchten Vortrag *Unsere Stimme kann uns heilen* lauschten, wandten sich sofort einmütig Tilli und ihren Erlebnissen im Sender zu. Ihre farbige Schilderung, wenn auch ein wenig reichlich mit Sprüchen und dem erklärenden Satz: »Also, Sie müssen sich das so vorstellen …« versehen, fand großes Echo. Bestärkt durch die offenkundige Bewunderung der Mitbewohner, bereitete sich Tilli auf ihren nächsten Auftritt sorgfältig vor. Sie wählte einen beigefarbenen Hosenanzug mit einem weißen Rollkragenpullover und zog ihre neu erworbenen Schnabelschuhe an, auf die sie sehr stolz war, obwohl sie ihren Füßen nicht unbedingt gut taten. Die blumenkohlartige Frisur war geglättet worden, und statt der Kassenbrille trug sie nun wieder ihre Haftschalen. Zufrieden betrachtete sie sich im Spiegel.

Ihre Freundin musterte sie kritisch und befand: »Ganz ordentlich, aber Rollkragen ist nicht so dein Ding, dafür braucht man einen schlanken Hals.«

Diesmal wurde sie direkt ins Studio geleitet, wo die Moderatorin mit den eingeladenen Gästen ein Informationsgespräch führte. Die Moderatorin lächelte Tilli an und bat sie ins Nebenzimmer. Als sie mit Tilli allein war, zeigte sie sich sichtlich enttäuscht über deren Aussehen. »Wo haben Sie denn Ihre schöne Brille gelassen?«, fragte sie. »Und was haben Sie mit Ihrem Haar gemacht? Wirklich schade.« Sie warf ihr einen unwilligen Blick zu. »Für mich waren Sie der Prototyp Ihrer Generation. Den Karren aus dem Dreck gezogen, den Aufbau geleistet, mit beiden Beinen sozusagen fest auf der Erde stehend.«

Betrübt betrachtete Tilli ihre Schnabelschuhe. Von fest stehend konnte hier wirklich nicht die Rede sein.

»Dabei hatten wir Sie eigentlich als Zeitzeugin eingeplant«, fuhr die Moderatorin fort.

»Aber deshalb muss man doch nicht aussehen, als käme man gerade vom Rübenstoppeln«, sagte Tilli gekränkt.

Die Moderatorin lachte kumpelhaft. »Wunderbar. Natürlich nicht. Ich denke, wir haben uns verstanden. Sie wissen schon, worauf es ankommt.« Dann interessierte sie sich für ihren Lebenslauf, obwohl Tilli ihn alles andere als bemerkenswert fand, und machte sich dazu Notizen.

Diesmal hieß das Thema: »Oma, hilf, meine Knete ist alle.«

Das nette Elternpaar, das sich mit seiner hübschen Tochter als Erstes präsentierte, schien selbst ein etwas gestörtes Verhältnis zum Geld zu haben. Denn obwohl ihnen anzusehen war, dass sie mehr zu denjenigen gehörten, die, wie es in der Bibel heißt, im Schweiße ihres Angesichts ihr Brot essen mussten, war die Summe, die sie monatlich der Tochter zubilligten, so hoch, dass sogar der Chef der Deutschen Bank zusammengezuckt wäre. Eine junge Zuschauerin, etwa im gleichen Alter wie die Tochter, bemerkte dann auch sofort lautstark: »Du bist ja nicht mal 'n Euro wert.« Selbstgefällig zählte sie dann auf, was sie selbst neben ihrer Ausbildung tat: Babysitten, Rasenmähen, Schneeschippen, Zeitung austragen. Die Goldmarie zuckte die Achseln. »Davon könnte ich mein Reitpferd, mein Handy, die Wohnung, die Klamotten nicht bezahlen.«

Der Vater nahm seinen Liebling in Schutz. »Das ist nun mal so. Sie kann halt mit Geld nicht umgehen. Aber die Oma gibt ja auch noch was dazu.«

Nun stellte die Moderatorin Tilli vor. »Frau Bergmann stammt noch aus einer Generation, die mit vierzehn in die Lehre musste.«

Sie erzählte ein wenig aus Tillis Lebensgeschichte, wobei sie Wahrheit und Dichtung kräftig mischte, und Tilli hörte verblüfft, dass sie dieser Krieg vor nichts verschont hatte. Flucht, Bomben, Hunger, alles wie es sich gehört, und hinterher die Trümmer weggeräumt, ihren schwer verwundeten Mann gepflegt und keine Arbeit gescheut. Die Moderatorin brachte das so eindringlich vor, dass Tilli, gerührt über sich selbst, fast die Tränen kamen und sie für einen Augenblick vergaß, dass sie ja in Ostfriesland aufgewachsen war, in einem vom Krieg völlig verschont gebliebenen Kaff, das seine Flüchtlinge alles andere als herzlich willkommen geheißen hatte. Aber eins stimmte: Männer waren auch in diesem Teil Deutschlands knapp gewesen und ihr sehr viel älterer Ehemann nicht gerade das große Los, ebenso wenig wie der Sohn, ein rechter Nichtsnutz, der noch dazu in jungen Jahren mit einem Hippiemädchen durchgebrannt und in Amerika verschollen war. Tilli erhob sich gehorsam, und angeregt durch den starken Beifall begann sie ein wenig zu ausführlich über ihr Leben zu plaudern. Ein Stimmchen in ihr sagte: Hör endlich auf, fass dich kurz, und so lächelte sie das wirklich sehr sympathische junge Mädchen freundlich an und sagte: »Ich kann dir nur den einen Rat geben: Spare in der Zeit, dann hast du in der Not.«

Sehr schnell wurde Tilli ihrer Rolle gerecht als gefragte Großmutter, die gütig und humorvoll, wenn auch mit einer gewissen Strenge, bis ins hohe Alter den Familien beisteht und dem fünfzigjährigen arbeitslosen Sohn, der nun wieder schluchzend an ihrem Hals hängt, mit ihrer der Zeit entsprechend vielleicht nicht mehr ganz so schwieligen Hand übers Haar streicht und sagt: »Kopf hoch, Junge, nun trinken wir erst mal eine schöne Tasse Kaffee.« Sie baute sie sogar noch ein wenig aus. Sie erzählte kleine Anekdoten aus jener Zeit, als man Mehl und Zucker noch in Tüten kaufte, es weder einen Geschirrspüler noch Wäschetrockner, Klimaanlage und Billigflüge gab und der Mann im Mond noch nicht von den Amerikanern belästigt wurde, verlor allerdings bei alldem zunehmend die Übersicht über ihre wirkliche Biographie. Den anderen Senioren im Heim berichtete sie plötzlich über Kriegserlebnisse, von denen vorher nie die Rede gewesen war, so wenig wie davon, dass sie immer noch voller Liebe und Dankbarkeit an ihren Karl denke – dieser wundervolle Mensch und nun schon so lange tot –, was alles etwas verdutzt zur Kenntnis genommen wurde.

Tillis Fähigkeiten als Fernseh-Oma sprachen sich schnell herum, und auch andere Sender begannen sich für sie zu interessieren. Bald sprach sie nur noch von »wir«. »Wir« war das jeweilige Team mit Moderatorin, Kameraleuten, Redakteuren und Assistenten. Sie übernahm all das affige Getue mit »Schätzchen«, »Meine Liebe«, Küsschen hier und Bussi da, »man sieht sich, man hört sich, man spricht sich« und verabschiedete sich nur noch mit »Ciao« und der dazugehörenden gezierten Handbewegung. Das Einzige, was Tilli betrübte, war, dass ihre Rolle keine allzu exzentrische Kleidung vorsah. Gern wäre sie wie die Moderatorin einmal im Matrosenlook erschienen oder in einem Hängerchen. Aber das entsprach nun mal nicht ihrem vorgegebenen Part als abgearbeiteter Oma, die nach der Devise »Üb immer Treu und Redlichkeit« gelebt hat. Von der war allerdings, wie ihre Freundin fand, in diesen Sendungen wenig zu spüren. Man scheute sich nicht, all diese abstrusen Geschöpfe vor die Kamera zu locken und dem Publikum zum Fraß vorzuwerfen, um ihnen dann mit geheuchelter Anteilnahme Trost und Rat zuteil werden zu lassen.

»Und warum«, sagte die Freundin zu Tilli kritisch, »sind die meisten so dick und auch noch zahnlos? So schlecht zahlt ja die AOK nun auch wieder nicht.«

Natürlich hatte auch Tilli längst mitbekommen, dass es bei diesen Talkshows nicht so zuging, wie es ihrer Rolle als ehrbarer Großmutter entsprach, zumal sie die Moderatorin dabei ertappte, wie sie ein Ehepaar, das in Scheidung lag, vorher aufeinanderhetzte. Trotzdem reagierte sie sehr gekränkt, als die Freundin lachend sagte: »Du denkst wohl auch: Wes Brot ich ess, des Lied ich sing.« Denn zugegebenermaßen bekam Tilli inzwischen ein recht ordentliches Honorar, von dem sie sich so manche Extras leisten konnte.

Die Weihnachtszeit war gekommen und mit ihr das übliche Tamtam an Vorbereitungen. Ein riesiger Adventskranz, der von der Decke hing, bedrohte bei den Mahlzeiten die Senioren, im Arztzimmer tummelten sich, mit roten Zipfelmützen geschmückt, Schokoladenzwerge auf den Instrumentenschränken, und in keinem Raum konnte man fröhlichen Weihnachtsliedern entkommen, besonders in der Küche nicht, wo umtriebsame Bewohner dem seufzenden Personal beim Pfefferkuchenbacken halfen. Auch in der Redaktion des Senders herrschte weihnachtliche Stimmung, und es glitzerte von den Fenstern voll künstlicher Eisblumen bis zu den mit Glitzersternen verzierten Türen. Die Themen drehten sich nun mehr um Frieden, Besinnlichkeit und Liebe, und all die Mühseligen und Beladenen, die als Gäste dabei waren, versuchten sich einigermaßen sittsam zu benehmen und Wörter zu vermeiden, für die man dem Kind Tilli früher den Mund mit Seife ausgewaschen hätte.

Kurz vor dem dritten Advent wurde am Schwarzen Brett im Heim eine Lesung angekündigt. Frau Werner, die sich, als handele es sich um eine Stadt und nicht um eine Handvoll Senioren, Kulturreferentin nannte, kündigte an, dass es ihr gelungen sei, den Schauspieler Karl-Heinz Heise für eine Lesung und ein Plauderstündchen zu gewinnen, was großen Beifall fand, nur bei Tilli nicht. Sie hatte ihn in einer der Sendungen erlebt und dummerweise diese Begegnung im Heim reichlich ausgeschmückt, dabei hatte der Mann nicht ein einziges Wort mit ihr gewechselt. Tilli wurde heiß. Da hatte sie sich ja was Schönes eingebrockt! Im Sender war über Tillis schwärmerisches Gehabe ein wenig geschmunzelt worden. »So doll ist es ja nicht mehr mit dem Herrn«, sagte die Moderatorin. »Nur die Hand aufhalten kann er immer noch sehr gut.« Eine Anspielung auf sein Honorar. Und dann hatte sie noch hinzugefügt: »Er wird's auch nötig haben. Schon drei Ehen hinter sich, wieder frisch geschieden und jetzt eine wesentlich jüngere Frau mit einem kleinen Mädchen am Bein, da muss man als Mann schon tief in die Tasche greifen.«

Während das Heim nun auf den berühmten Mimen wartete, der noch alle diese herrlichen Ufa-Stars Ilse Werner, Zarah Leander und Brigitte Horney gekannt hatte, haderte der mit sich selbst, dass er sich von dieser Kulturreferentin aus Mangel an Besserem diesen Abend hatte aufschwatzen lassen, noch dazu für ein minimales Entgelt. Der einzige Trost war, dass so eine Veranstaltung in der Adventszeit bestimmt Beachtung in der regionalen Presse finden würde. Trotzdem schauderte es den Achtzigjährigen bei dem Gedanken, einen ganzen Nachmittag überwiegend mit alten Frauen verbringen zu müssen. Doch im Heim angekommen, begrüßte er sie alle mit strahlender Herzlichkeit und verzauberte die Seniorinnen durch seinen Altherrencharme.

»Und hier«, sagte die Heimleiterin fröhlich und schob ihm die sich sträubende Tilli zu, »ist jemand, der bereits viel von Ihnen erzählt hat, weil sie sich so reizend mit Ihnen unterhalten hat, sozusagen eine Kollegin. Sie ist Ihnen bei einer der Vormittags-Talkshows begegnet.« Tilli kicherte verlegen, backfischhaft. Für einen kurzen Moment spiegelten sich auf dem

Gesicht des Schauspielers die widerstreitendsten Gefühle. Was bildete sich diese Person da eigentlich ein? Er hatte sie gar nicht wahrgenommen. Einen Augenblick genoss er das teuflische Gefühl, sie zerschmettern zu können mit dem Satz: »Das muss eine Verwechslung sein, ich kann mich wirklich nicht erinnern.« Doch gleichzeitig fragte er sich: Warum sollte er so grausam sein? Man war ja schließlich kein Unmensch und noch dazu am dritten Advent. Und schon holte er seinen Charme zurück, schenkte Tilli ein herzliches Lächeln und rief: »Natürlich erinnere ich mich! Verzeihen Sie einem alten Mann, dass ich Sie nicht gleich erkannt habe«, und, sich an die Stirn klopfend: »Das Gedächtnis, das Gedächtnis!« Alles lachte. Er schüttelte ihr die Hand und gab ihr sogar einen Handkuss. »Schön, Sie wiederzusehen.« Tillis Dankbarkeit war groß, und er dachte: Einfach rührend, in diesem Alter noch jemanden so anzuhimmeln. Vergnügt und gutgelaunt absolvierte er sein Programm, teils aus seiner Biographie lesend, teils aus seinem Leben plaudernd. Brigitte Horney war seine beste Freundin gewesen, und er hatte auch in einer ihrer letzten Serien, »Jakob und Adele«, eine nicht unbedeutende Rolle gespielt.

Aufgeräumt, wenn auch mit leichtem Sodbrennen von den vielen Süßigkeiten, verabschiedete er sich, stieg wieder in sein Auto und fuhr nach Haus zurück, mit sich und der Welt zufrieden. Er musste zugeben, es war rundherum ein schöner Nachmittag gewesen. Die Adventszeit hatte eben doch etwas Besonderes. Und dann diese Kulturreferentin, eine bezaubernde Person. Aber mal wieder niemand von der Presse. Sein Lächeln erlosch.

Im neuen Jahr begann Tillis Stern zu sinken. Sie bekam mehr und mehr das Gefühl, ein Wanderer zwischen zwei Welten zu sein, hier das Heim mit gleichförmigem Alltag und überschaubaren Lebensläufen, dort die bunt zusammengewürfelten, merkwürdigen und oft traurigen Zeitgenossen, an die man aber nach der Sendung kaum noch einen Gedanken verschwendete. Außerdem war sie mit ihren Sprüchen zweimal ordentlich ins Fettnäpfchen getreten. So hatte sie einem älteren Mann, der über die Fronarbeit in Form von unbezahlten Überstunden in seiner Firma stöhnte und mit seinem geschickt vorgebrachten Wehklagen einiges Mitgefühl erzeugte, zugerufen: »Ein braves Pferd stirbt in den Sielen«, was im Publikum für Murren sorgte. Ein andermal verstimmte sie die ihr bis dahin sehr gewogene Moderatorin. Die hatte sich in einem vertraulichen Augenblick über ihren Sender beklagt, der ihr keine Chance geben wollte, mit einer anderen Sendung zu zeigen, was an niveauvoller Qualität in ihr steckte, und sie nur mit sehr vagen Versprechungen hinhielt. Tilli hatte zustimmend genickt und gesagt: »Hoffen und harren hält manchen zum Narren«, woraufhin sich ihre Gönnerin, die diese Weisheit in den falschen Hals bekommen hatte, diesmal sehr frostig von Tilli verabschiedete.

Ihrer wachsenden Skepsis kamen die Sender entgegen. Sie wechselten ihr Programm. Anscheinend hatte sich auch der Geschmack des Publikums gewandelt, und die Freude an Menschen, die wie tollwütige Hunde übereinander herfielen, ging zurück. An ihrer Stelle gab es nun Berater und Beraterinnen für alle Lebenslagen, die sich direkt an Ort und Stelle über die verzweifelten Situationen ein Bild machten. Unglückliche Mütter, gestresste Ehemänner, unverschämte Gören, hilflose Tierbesitzer wurden an die Hand genommen, und man brachte ihnen bei, dass man einem Kind durchaus abgewöhnen könne, den Kopf zum Duschen der Haare in die Kloschüssel zu stecken, dass Hunde, die ein zeterndes Baby an einem Fuß durchs Zimmer schleiften, es nicht unbedingt fressen wollten und man mit viel Geduld und Einfühlungsvermögen einen Bernhardiner dazu bringen kann, das eheliche Bett nicht als Hundehütte zu betrachten. Es gab außerdem jetzt reichlich Unterstützung, wenn man sein Haus oder seine Wohnung kuschelig einrichten wollte. Allerdings hatte Tilli den Eindruck, dass die Freude der Familie, wenn das Haus oder die Wohnung einem Innenarchitekten ausgeliefert worden war, reichlich verkrampft wirkte. Kein Wunder, dachte sie, wenn das Wohnzimmer in eine Art Beduinenzelt verwandelt wurde, wo weißer Sand den Boden bedeckte und Palmen und Kamele durch einen Projektor an die Wände gezaubert wurden. Und der Teenager, dessen Zimmer man mit etwas Plüschigem aus den Gründerjahren gestaltet hatte, bekam sogar einen hysterischen Anfall, allerdings erst, als die Kamera ausgeschaltet war.

Zunächst hatte man noch versucht, Tilli die altmodische Uroma spielen zu lassen. Aber schon der erste Versuch scheiterte, weil Tilli dem Neunjährigen, der sie eine dumme Kuh nannte, einen leichten Klaps versetzte, was großes Entsetzen im ganzen Team hervorrief, aber glücklicherweise weniger bei den Eltern. Und so gab man ihr freundlich zu verstehen, dass sie bei all diesem hektischen Hin und Her doch besser daran täte, ihr Alter in Ruhe zu genießen.

Die Mitbewohner nahmen ihren Absturz mit Gleichmut, wenn auch nicht ohne Häme zur Kenntnis. Die gute Tilli hatte sich wohl mit ihren Sprüchen etwas übernommen. Das Interesse der Senioren galt nun einer anderen Achtzigjährigen, der ein Hypnotiseur mit wenig Erfolg das Rauchen abzugewöhnen versuchte. Sehr schnell fiel Tilli in den allgemeinen Heimtrott zurück, wozu gehörte, an den Mahlzeiten ein wenig herumzunörgeln, die Leitung zu kritisieren, das von der Kulturreferentin angebotene Unterhaltungsprogramm ziemlich einfallslos zu finden oder sich unter dem Vorwand, ein gutes Buch lesen zu wollen, für die 33. Folge einer Vorabendserie in sein Appartement zurückzuziehen. Doch nach ein paar Wochen begann sie sich zu langweilen. Da sie nun einmal Blut geleckt hatte, genügte ihr das beschauliche Heimleben nicht mehr, vor allem, weil ihre Freundin an gemeinsamen Unternehmungen nur noch wenig Interesse zeigte. Die Freundin hatte sich einen Kavalier zugelegt, einen rüstigen Achtzigjährigen, der erst seit kurzem der

Heimgemeinschaft angehörte und der Tilli nicht mochte, was auf Gegenseitigkeit beruhte.

Also: Was Neues musste her. Der Zivi gab ihr den Tipp: »Schaffen Sie sich doch 'nen Computer an, Frau Bergmann. Sie haben's ja noch nicht mit den Augen, und das Internet ist klasse.«

»Und Sie meinen, ich lerne noch, mit so einem Ding umzugehen?«, fragte Tilli zweifelnd.

»Klar. Wozu gibt es Kurse? Auch für Senioren. Sie werden staunen, was man mit dem Internet alles anfangen kann. Sozusagen das Alphabet rauf und runter, von Alzheimer bis Zahnersatz.«

Tilli warf ihm einen schrägen Blick zu. »Oder«, sagte sie, »von Analphabet bis Zottelbär.«

Der junge Mann, der ein wenig dem Krümelmonster in der *Sesamstraße* glich, lachte. »Genau so.«

»Aber ich höre immer, dass irgendetwas abstürzt oder Viren nur darauf lauern, Programme zu zerstören.«

Der Zivi reagierte gekränkt. »Möglich ist alles, aber höchst unwahrscheinlich. Sie sollten den technischen Fortschritt nicht so verteufeln.«

»Es ist nicht alles Gold, was glänzt«, sagte Tilli, und er konterte: »Und auch nicht aller Tage Abend.«

Dann empfahl er ihr einen guten Freund als Lehrer, der ihr auch beim Kauf eines Computers behilflich sein könne und beim Anschließen des Gerätes.

Tillis junger Lehrer, ein langer Lulatsch mit so umschatteten Augen und einer so käsigen Haut, dass er aussah, wie sie sich ein leibhaftiges Computervirus vorstellte, entpuppte sich als guter Pädagoge, weil er es verstand, sie mit seinen einfachen Erklärungen bei der Stange zu halten. Trotzdem drückte sie auf halbem Wege immer wieder die falsche Taste und musste beim Suchen von vorn anfangen. Aber im Großen und Ganzen erwies sie sich als gelehrige Schülerin und fand es zunächst spannend, durch den Dschungel der Angebote den gewünschten Weg zu diesem oder jenem Thema zu finden. Sofort ödete sie andere Senioren mit ihren neu erworbenen Kenntnissen an, wie etwa, dass für Ratten die Barthaare dasselbe seien wie für die Menschen die Hände, dass Meerkatzen sprechen könnten, zwar nur mit zwei Lauten, aber immerhin, dass das Gehirn bei Reizüberflutung sich selbst abstellen könne.

Die Reizüberflutungen durch das Internet schienen auch bei ihr Wirkung zu zeigen, denn auch sie fing wie ihre Mitbewohner an, sich mehr und mehr besonnten Erinnerungen hinzugeben. Sie vertraute ihrer Freundin an, dass in ihrer Jugendblüte auch der beste Freund ihres Mannes mächtig hinter ihr her gewesen sei. Die Wahl sei ihr schwergefallen, aber schließlich hatte Karl eine Schlachterei und war im Gegensatz zu seinem Freund UK gestellt.

Die Freundin lächelte nachsichtig. »Ach Tilli, das ist ja nun wirklich schon mehr als ein Weilchen her.« Und husch, war sie wieder bei ihrem eigenen jetzigen Glück. Tilli fragte sich wieder einmal ernsthaft, was sie eigentlich dazu bewogen hatte, sich mit dieser oberflächlichen Person zu befreunden. Verdrossen kehrte sie zu ihrem Computer zurück, der aber, wie sie mehr und mehr fand, auch nicht gerade das Gelbe vom Ei war. Die virtuellen Begegnungen mit Partnersuchenden waren eher enttäuschend, und sie fand es schwierig, die Spreu vom Weizen zu trennen. Ganz ungefährlich war es anscheinend auch nicht, jedenfalls war immer wieder in den Zeitungen zu lesen, wem man dabei in die Hände fallen und was passieren konnte. Sie musste über sich selber lachen, und ihr fiel der verballhornte Spruch: »Wenn dich die bösen Buben locken, so bleib zu Haus und stopfe Socken« ein. Aber trotz aller Unlust und allen Grübelns darüber, wie sie noch einmal ein bisschen Schwung in ihr Leben bringen könnte, raste das Jahr noch schneller als das vergangene dahin, und die Weihnachtszeit begann.

Diesmal gehörte Tilli zu den Emsigen, die dem Personal zwischen den Füßen herumwuselten und es mit ihrer Besserwisserei zur Verzweiflung brachten. Diesmal kam kein Schauspieler, der die Herzen ein wenig höher schlagen ließ. Dafür gab es – unverhofft kommt oft – für Tilli sozusagen als Weihnachtsgeschenk eine wunderbare Überraschung. Die Moderatorin schrieb ihr einen netten Brief, in dem sie ihr etwas sehr Aufregendes ankündigte. Wie sie schrieb, plante ihr Sender eine Doku-Soap, in der das Leben während des Dreißigjährigen Krieges geschildert werden sollte. Sie habe Tilli vorgeschlagen, denn abgesehen davon, dass Tilli noch ein richtig guter Typ sei, habe es vielleicht dieses oder jenes auch noch in ihrer Generation gegeben, wie etwa Kühe mit der Hand zu melken. Gleich nach Neujahr solle sie sich bei der Produktion melden.

Tilli geriet ganz aus dem Häuschen vor

Freude. Sie sah sich bereits als Marketenderin, als Kammerzofe oder Wirtin einer Herberge und überlegte einen Augenblick, ob sie nicht ihre Visitenkarte mit dem Zusatz »Schauspielerin« versehen sollte.

In der Produktionsfirma wurde sie vom Assistenten des Ersten Assistenten des Produktionsleiters, einem Mann Mitte fünfzig, der glücklich war, diesen Job bekommen zu haben, empfangen. Anscheinend war er dafür auch mit der nötigen Zeit ausgestattet worden, denn er hörte sich geduldig, auch wenn er hin und wieder kurz die Augen schloss, ihre Suada an und zeigte Bewunderung für alles, was sie an Fähigkeiten noch aufweisen konnte: mit dem Dreschflegel das Korn aus dem Stroh schlagen, Wäsche auf einem Brett rubbeln, Öfen heizen, mit der Sense umgehen sowie mit der Sichel, und so manches andere.

»Fabelhaft«, sagte er bewundernd. »Sie werden eine Stütze beim Dreh sein.«

»Und meine Rolle?«, fragte Tilli.

»Moment mal.« Er durchblätterte die Liste. »Ah, hier hab ich's. Sie sind vorgesehen für eine ziemlich verkrüppelte Magd, die die Schweine unter sich hat und von allen schlecht behandelt wird. Hier«, sagte der Assistent belehrend, »soll mal gezeigt werden, wie grausam man damals mit Behinderten umgegangen ist.«

»Und wie sieht mein Text ungefähr aus?«, fragte Tilli beklommen.

Er sah wieder auf die Liste und klopfte ihr beruhigend auf die Schulter. »Ach, da müssen Sie sich keine Sorgen machen. Sie sind taubstumm.«

Fast wäre Tilli in Tränen ausgebrochen. Aber sie nahm sich zusammen. Mit einem kühlen: »Ich werd es mir überlegen«, verabschiedete sie sich.

Niedergeschlagen blätterte sie in ihrem Appartement ein Magazin durch und blieb an einem Thema haften. Es ging um das Für und Wider von Leserreportern und deren Mitarbeit in den Medien. Tillis Augen leuchteten. Gleich morgen würde sie sich mit ihrem Camcorder auf die Jagd begeben.

Der Gutmensch

Diesmal werde ich mich an Heiligabend wohl kaum wieder in eine Welt verirren, die doch recht fremd für mich ist. Die Einladung im letzten Jahr war eher eine Ausnahme und dazu noch sehr anstrengend. Ich werde wie gewohnt Weihnachten gemütlich in meinen vier Wänden verbringen. Ehrlich gesagt bin ich ganz froh darüber. Im Alter kann man sowieso gut auf diesen ganzen Zinnober verzichten, auf Weihnachtsmänner, die einem aus jedem Schaufenster entgegenglotzen, und Weihnachtslieder, mit denen jedes Hotel, jedes Kaufhaus beschallt wird, und mit elektrischen Kerzen bestückte Weihnachtsbäume auf freien Plätzen, in den Gärten und auf den Balkons. Das Schönste an Weihnachten ist für mich nun mal die Ruhe, die sich Heiligabend in der Stadt ausbreitet. Dann ist ein kleiner Spaziergang, bei dem ich nur hin und wieder jemand begegne, mit seiner herrlichen Stille der höchste Genuss.

Gerade im Alter lernt man, sein eigenes Zuhause an den Feiertagen so richtig zu schätzen, und ist froh, nicht in den nervösen Trubel der Familie zu geraten, in dem die Freude der Kinder über die Geschenke oft in sinnlose Heulerei ausartet, weil das Christkind anscheinend den Bruder oder die Schwester bevorzugte, und man selbst bei der Bescherung immer irgendwie im Weg steht. Von der hektischen Hausfrau wird man hin und her geschoben – »Am besten, Tantchen, du setzt dich dorthin, nein, dieser Stuhl ist noch bequemer, oder aufs Sofa«, aus dem man, wie sich herausstellt, ohne fremde Hilfe nicht mehr hochkommt –, und man sehnt sich schnell nach seinem häuslichen, seit dreißig Jahren vertrauten Sessel zurück, dessen Bequemlichkeit man dummerweise wieder einmal erwähnt, was einen gleichaltrigen Gast dann zu der zurechtweisenden Bemerkung veranlasst: »Manchmal, liebe Vera, bist du wirklich ein wenig seltsam.«

Es stimmt, ich habe nicht nur zu meinen Möbeln, sondern auch zu anderen Gegenständen in der Wohnung ein besonderes Verhältnis. Jüngeren Menschen wie etwa meiner Haushaltshilfe ist es natürlich schwer begreiflich zu machen, weshalb ich mich nicht von diesem Strom fressenden Kühlschrank trenne, der ständig Käse und Butter betropft, dem Fernseher, dessen Leistungsfähigkeit wie bei uns alten Menschen mehr und mehr nachlässt, sodass ich nur noch die Hälfte aller Programme sehen kann, oder der Waschmaschine, die ohne einen herzhaften Stoß nicht mehr anspringt. Ebenso wenig kann ich von meiner Matratze lassen, die grob geschätzt etwa hundertfünfzig Jahre alt ist, auf der schon Großtante Dorothee ihre Unschuld verlor und in der es wahrscheinlich inzwischen nur so von Milben wimmelt. Bis heute bleibt mir unbegreiflich, dass etwas zu reparieren dreimal mehr kostet, als sich Neues anzuschaffen. Vielleicht ist das mit ein Grund, warum jetzt über die von uns Alten verursachten Kosten gejammert wird, am lautesten mal wieder von den Medien, und warum man wieder sehr mit dem Eskimoprinzip liebäugelt, nach dem früher Opa und Oma einfach in den Schnee gepackt wurden. Der Kältetod soll ja der angenehmste sein. Aber dann werden sie schon sehen, was sie davon haben, dann ist niemand mehr da, der für die Enkelkinder und Urenkel sorgt, Studium, Autos, Handy bezahlt, und an deren Tür sie klopfen, wenn die Eltern sich scheiden lassen.

»Was redest du wieder für einen Schwachsinn«, sagt Kläuschen nachsichtig. »Was hat

Heiligabend mit der Alterspyramide zu tun?« Wir lachen. Mit Kläuschen verbindet mich eine jahrzehntelange Freundschaft. Wir sind zusammen zur Schule gegangen und konnten die Frage des damaligen Schlagers »Haben Sie schon mal im Dunkeln geküsst?« bereits in jugendlichem Alter mit Ja beantworten. Zur Ehe haben wir beide nicht getaugt. Er war zweimal verheiratet, ich einmal. Und wir sind uns beide einig: Ein Singleleben hat seine Vorteile. Dummerweise wohnt er in Bayern, sodass wir uns so gut wie nie sehen. Aus gesundheitlichen Gründen hat er verhältnismäßig früh entschieden, sich in die Obhut eines Heims zu begeben, und er redet mir sehr zu, es auch zu tun. Aber ich kann mich nicht recht dazu entschließen. Ich bin nun mal ein von dem ewigen Zwang des Gemeinschaftslebens in Krieg und Nachkriegszeit gebranntes Kind. Und Menschen en masse bei den Mahlzeiten sind schon gar nichts für mich. Meist habe ich an dem so genannten technischen Fortschritt viel herumzumeckern. Aber eins muss ich sagen: Wer immer das Telefon erfunden hat – ich wusste es mal, habe es aber vergessen –, hat ein Herz für uns Alte gehabt. Denn telefonieren kann auch der Begriffsstutzigste im desolatesten Zustand, wenn der Kopf noch einigermaßen funktioniert. Meine Gespräche mit Kläuschen würden allerdings jeden einigermaßen ernsthaften Menschen den Kopf schütteln lassen. Statt unserem Alter entsprechend um die letzten Dinge, die uns jedoch wenig interessieren, drehen sie sich meist um Albernheiten, über die wir uns ohne Sinn und Verstand scheckig lachen können. Aber sie muntern mehr auf als jedes »gute Gespräch«. Manchmal versuchen wir ernsthaft auch das, aber wir sind uns dann wieder schnell einig, dass es nicht mehr viel bringt, sich über Politik, Klimawandel und Wirtschaftskriminalität aufzuregen. Ab und zu kriegen wir uns auch richtig in die Haare, erziehen aneinander herum, sagen uns kleine Bosheiten und klagen hinterher wahrscheinlich beide vor uns hin, was der andere doch abgebaut hat.

Bei dem heutigen Gespräch zeigt sich Kläuschen von einer ausgesprochen ungeduldigen Seite, als ich ihm in aller Breite schildere, wie ich besonders am Heiligabend die Ruhe genieße.

»Ich weiß, ich weiß«, sagt er, »aber ich mache jetzt Schluss, ich bin mit Lotti verabredet.«

»Wahrscheinlich zum Nordic Walking«, sage ich bissig, denn seine Freundin Lieselotte, die er bereits Lotti nennen darf, lehnt jede auch noch so leichte sportliche Betätigung kategorisch ab, nach dem Motto: Sport ist Mord. Selbst für einen normalen Spaziergang kann er sie nur selten gewinnen.

»Nein«, sagt Kläuschen leicht verstimmt, »wir wollen ein neues Restaurant ausprobieren, ganz in der Nähe vom Heim. Es soll einen Fünf-Sterne-Koch haben.«

»Nun, für euch braucht er sich nicht allzu sehr anzustrengen«, sage ich. »Die Herstellung einer Schwarzwälder Kirschtorte wird für ihn keine künstlerische Herausforderung sein. Soviel ich von dir weiß, ist das Lottis Lieblingsgebäck.«

»Auf Wiedersehen.« Kläuschen hat aufgelegt, und ich bin wieder meinen Gedanken ausgeliefert, die sich merkwürdigerweise oft um den Heiligabend im letzten Jahr bei meiner Nichte Karla drehen. Ich verstehe mich selbst nicht, dass ich diesem Abend noch so nachhänge. Vielleicht liegt es daran, dass ich vor einiger Zeit zufällig einem der beiden anderen Gäste dieses Abends begegnet bin, einer Frau so um die sechzig, damals gerade verwitwet, sehr hübsch, aber reichlich exaltiert. Wie eine Rakete schoss sie in einem Schuhgeschäft auf mich zu und riss mich im Überschwang der Begrüßung fast um. Sie lud mich sogar zu einem netten kleinen Plausch in eine nahe gelegene Konditorei ein, wo es sich wirklich angenehm saß und der Kuchen von bester Qualität war. Aber ihre laute, etwas schrille Stimme, mit der sie auf mich einredete, erschreckte meine Hörgeräte, und sie begannen plötzlich zu piepen. Zu meinen Hörgeräten habe ich zwangsläufig ein sehr enges, aber durchaus kein freundschaftliches Verhältnis, was meine Akustikerin oft zur Verzweiflung bringt. Diese also mir nur flüchtig bekannte Dame jedenfalls sprach mehr laut als deutlich, sodass ich jedes Mal, wenn sie zwischen zwei Bissen auf mich einhämmerte, zusammenzuckte. Natürlich kam sie auch auf den Heiligabend bei Karla zurück, sprach ein wenig herablassend von diesen herzensguten Menschen, wie sie sie nannte, und sagte, nachsichtig den Kopf schüttelnd, dass deren Inneneinrichtung ja noch reichlich altmodisch sei, und sie werde ihnen bei Gelegenheit mal jemanden vorbeischicken, der sie beraten könne. »Slow design« sei jetzt der neueste Trend. Meine Befürchtung, dass sie von der Erwähnung dieser mir sehr fernöstlich klingenden Mode nahtlos in die Verkündung indischer, chinesischer, japanischer und tibetanischer Weisheiten übergehen würde, mit denen sie uns schon am Heiligabend bis zum Abwinken überschüttet hatte, erwies sich als unbegründet. Ihre Begeisterung dafür schien abgeflaut. Stattdessen stand jetzt die Kochkunst ganz im Vordergrund, und sie nahm gerade an einem Kochkurs in einem Fünf-Sterne-Hotel teil, in dem einem gezeigt wurde, wie man sogar eine biedere Kartoffel in eine geschmackliche Wunderwaffe verwandeln konnte. Sie schob den Teller beiseite, beugte sich zu mir herüber, sah mich so eindringlich an, wie ich es mir manchmal von meinem Augenarzt gewünscht hätte, und sagte: »Nun mal zu Ihnen. Wirklich, alle Achtung, wie hilfsbereit sie sich in den schlechten Zeiten Ihrer Nichte gegenüber gezeigt haben.«

Glücklicherweise brauchte ich auf dieses Thema nicht einzugehen, denn ihr Handy klingelte nun bereits zum dritten Mal, und ich bekam mit, dass es sich wieder um einen Herrn handelte, der sich besorgt um sie zeigte.

Sie bot mir liebenswürdigerweise an, mich mit dem Wagen nach Haus zu bringen, wofür ich sehr dankbar war. Bei unserem Aufbruch half sie mir nicht nur in den Mantel, sondern knöpfte ihn mir mit einem freundlichen »so geht's schneller« auch gleich zu. Ich muss schon sagen, für eine Witwe wirkte sie recht kregel, aber, wie ich ja gerade feststellen konnte, schien es ihr an männlichem Trost auch nicht zu mangeln. Als wir mit ihrem schnellen Flitzer vor meinem Haus angekommen waren, ließ sie es sich nicht nehmen, mich liebevoll stützend die Treppe hinauf zu meiner Wohnung zu begleiten. Dann sagte sie: »Alle Achtung, wie Ihre Generation damals zusammengehalten hat«, und redete und redete von unserer heutigen so kalten, nur materiell eingestellten Gesellschaft. Glücklicherweise unterbrach das Klingeln des Handys ihre Entrüstung, und sie sagte in sehr energischem Ton: »Richard, du kennst mich doch. Entweder Business-Class, oder wir lassen es ganz.«

Allein in meiner Wohnung ließ ich mich in meinen Lieblingssessel fallen. Ein Gutmensch zu sein war schon anstrengend genug, wahrscheinlich der Hauptgrund, warum ich mein Leben lang darauf verzichtet hatte. Aber nach so langer Zeit wegen angeblicher guter Taten den Ruf eines Gutmenschen zu erwerben war der reinste Albtraum. Dabei war mir meine Nichte Karla rein zufällig nach fünfzig Jahren wieder begegnet und noch dazu aus traurigem Anlass.

Beerdigungen sind ja für uns Alte sozusagen schon an der Tagesordnung, und eine Zeit lang, muss ich ehrlicherweise sagen, war es nicht so sehr Mitgefühl, was mich auf den Friedhof trieb, sondern eher der Wunsch nach einer gewissen Abwechslung und dem sich häufig anschließenden kostenlosen Imbiss. Bei meinem Alter kommt niemand auf die Idee, dass ich nicht zum Leichenschmaus geladen bin. Im Haus gibt es dann neben der kleinen Mahlzeit immer ein recht anregendes und merkwürdigerweise munteres Plauderstündchen. Was die Sache etwas schwierig macht, ist, dass man nie vorher weiß, wie rege das Interesse, den lieben Dahingeschiedenen auf seinem letzten Weg zu begleiten, sein wird. Wenn nur zehn Leute am Grab stehen, fällt ein Fremder natürlich mehr auf, ebenso bei allzu großer Prominenz, da haben die Bodyguards ein wachsames Auge, und man muss irgendetwas vorzeigen, wenn man ins Haus gelassen werden will. Aber mehr, als dass man unverrichteter Dinge wieder nach Hause fährt, kann einem eigentlich nicht passieren.

Die Beerdigung, bei der ich auf meine Nichte stieß, erwies sich als angenehm unkompliziert. Die herzbewegende Rede des Pastors brachte sogar mich zum Weinen, und tröstende Hände reichten mir ein Tempotuch. Gemeinsam mit anderen hatte ich das Trauerhaus betreten und wollte mich gerade erschöpft auf einen einigermaßen bequemen Stuhl setzen, als eine energische Stimme sagte: »Dieser Stuhl ist für Frau Brinkmann reserviert.« Erschrocken erhob ich mich, um dieser Dame Platz zu machen, als die bei meinem Anblick kurz stutzte und dann lachend rief: »Mein Gott, Tante Vera, bist du's wirklich?« Und ich sah eine nicht mehr ganz junge Frau vor mir, aber rank und schlank, das schwarze Kostüm von ebenso teurer Schlichtheit wie der sparsame Schmuck, die mir ihre Hand entgegenstreckte und sagte: »Kennst du mich nicht mehr? Ich bin doch Karla – deine Nichte.«

Ich war ebenso beeindruckt wie verwirrt. Ich hatte schon immer ein schwaches Gedächtnis, und jetzt im hohen Alter habe ich oft das Gefühl, dass es täglich schwieriger wird, es in Schwung zu bringen. Dafür war ihres umso besser.

»Tante Vera!«, rief sie noch einmal. »Meine Lebensretterin! Ohne dich, hat mir meine Mutter immer erzählt, wären wir glatt verhungert.«

Fieberhaft durchkramte ich mein Gedächtnis und fand schließlich, was ich suchte. Es musste noch vor der Währungsreform gewesen sein, auf jeden Fall zu einer Zeit, wo jedermann seine

Vorräte ängstlich unter Verschluss hielt, um nicht selbst auf der Strecke zu bleiben. Meine Eltern und ich waren nach der Flucht in einem kleinen Kaff gelandet, wo ich bei einem Bauern half. Um uns, was die Ernährung betraf, einigermaßen über die Runden zu bringen, ließ ich mir das verdiente Geld in Naturalien auszahlen, was aber keinesfalls bedeutete, dass Milch und Honig flossen. Der halbe Liter Milch, den ich täglich nach Hause brachte, war schon durch die Zentrifuge gejagt worden und sah ziemlich bläulich aus. Er gehörte in die Rubrik »Magermilch«, und auch die mitgebrachte Butter hatte noch gut Wasser in sich. Aber gelegentlich fiel dies und jenes zusätzlich ab oder wurde in Keller und Stall von mir »organisiert«, wie man das damals nannte, vor allem, wenn Schlachttag war. Bei den großen Fleischmengen, die dann verarbeitet werden mussten, verlor auch die argwöhnische Bäuerin die Übersicht. Und wenn ich zu Haus die Beute auspackte, mussten wir uns alle beherrschen, um nicht gleich darüber herzufallen, sondern alles so zu strecken, dass es für eine Woche reichte. So waren wir besonders mit dem Mittagessen im Gegensatz zu vielen anderen ganz gut dran.

Doch dieses Glück war nicht von langer

Dauer. Eines Tages tauchte eine fast unbekannte Kusine dritten oder vierten Grades auf, ein plärrendes Kleinkind hinter sich herziehend, während wir uns gerade an herrlichen Königsberger Klopsen gütlich taten, und fiel uns schluchzend vor Glück, jemanden von der Familie entdeckt zu haben, um den Hals. Natürlich konnten wir nicht umhin, sie an den Mittagstisch zu bitten, was sie ohne Umschweife oder Floskeln wie »Ich will euch doch nicht ins Essen fallen« annahm. Von da an platzte sie uns grundsätzlich in die Essenszeit, sodass uns gar nichts anderes übrig blieb, als unser Futter mit Mutter und Kind zu teilen. Wir begannen unsere Hauptmahlzeit zu verschieben. Es nützte nichts. Eine Stunde früher, eine Stunde später, meine Kusine hatte in der Not den sechsten Sinn entwickelt.

Weihnachten stand vor der Tür, und ich hatte dafür einige »Delikatessen« zusammengehamstert. Dazu gehörte auch ein ziemlich zähes Stück Fleisch, das für ein Gulasch gedacht war. Angesichts der drohenden Gefahr beschlossen wir, das für den ersten Feiertag geplante Festmahl auf den Abend zu verschieben und uns zum Mittagessen mit der üblichen dünnen Kartoffelsuppe zu begnügen. Und so blieb das kunstvoll mit Gurkenscheibchen und reichlich

Zwiebeln gestreckte Gulasch gut versteckt unter dem Bett, ebenso wie die zum Nachtisch bestimmte, im geschlagenen Zustand »Geisterspucke« genannte Magermilch.

Wie wir im Voraus geahnt hatten, tauchte meine Kusine auf, um, wie sie sagte, uns nur schnell ein frohes Weihnachtsfest zu wünschen, nahm dann aber wie selbstverständlich Platz. Mein gutmütiger Vater machte ein unbehagliches Gesicht und flüsterte mir zu: »Hast du nicht wenigstens noch ein paar Pfefferkuchen für das Kind?«

»Meinetwegen«, murrte ich. Und während ich in der Küche zwei, drei dieser Köstlichkeiten auf einen Teller legte, dachte ich mit finsterem Groll, wie viele Stunden ich mit Rüben putzen, Rüben zerkleinern, gekochte Rüben pressen, Rübensaft eindicken und ständigem Umrühren bei mörderischer Hitze zugebracht hatte.

Die Zeiten wurden besser, das Leben wurde leichter, die Kusine verschwand, ohne dass wir uns noch viele Gedanken um sie machten. Und nun stand das einstige, damals ständig plärrende Kind, das dauernd an irgendwelchen Ekzemen litt, vor mir, elegant und selbstsicher, und erzählte allen, die es hören wollten oder auch nicht, was für ein wunderbarer Mensch ich sei und dass ich sie vor dem Hungertod gerettet hätte. Jetzt fiel mir auch wieder ein, dass ich ihr Bild gelegentlich in den Gesellschaftsspalten gesehen hatte und sie mir irgendwie bekannt vorgekommen war. Es stellte sich heraus, dass das Interesse der Medien an Karla nicht nur dem Reichtum ihres Mannes galt, sondern an erster Stelle ihrem sozialen, von ihrem Mann wohlwollend unterstützten Engagement. Karla war ein Gutmensch geworden und in vielen Organisationen tätig, die sich in der Welt um alles kümmerten, was in Not geraten war. Sie erzählte mir ein bisschen aus ihrem Leben, und ich fragte mich, ehrfürchtig verwundert, wie es ein Mensch nicht nur fertig bringt, für Unicef, Brot für die Welt und SOS-Kinderdörfer mit Galaveranstaltungen und Vorträgen die Werbetrommel zu rühren, sondern außerdem noch der telefonischen Seelsorge zur Verfügung zu stehen. Dagegen war mein soziales Empfinden eher unterentwickelt. Ich war schon ganz hin und weg von mir, wenn ich regelmäßig etwas für das Deutsche Rote Kreuz stiftete.

Zweifellos hatte Karla das Helfersyndrom, gepaart mit einem gewissen Perfektionismus, der sich aber für mich erst zeigte, als ich Gast in ihrem Haus wurde. Einige Zeit nach unserem

Treffen rief sie mich an und lud mich zu meiner großen Überraschung für den Heiligabend ein. Ja, sie sagte sogar: »Du machst uns doch die große Freude?«, was mir sehr schmeichelte, und fügte hinzu: »Wir sind nur ein ganz kleiner Kreis. Weihnachten gibt es für uns keine gesellschaftlichen Verpflichtungen.« Ich zögerte keinen Moment, ihr diese große Freude zu machen.

Ich muss sagen, ich habe in meinem ganzen Leben noch nie ein so ordentliches Haus gesehen. Hier war einfach alles perfekt. Selbst in der Garderobe hingen die Mäntel in Reih und Glied, und, ganz anders als in den meisten Haushalten, nirgendwo stand etwas herum, was dort nicht hingehörte. Alles war einfach perfekt, das Essen, der Wein, der zauberhaft gedeckte Tisch, das Bemühen der Gastgeber, die gesitteten Tischgespräche, denen ich allerdings nur etwas unkonzentriert folgen konnte, weil ich mich abmühte, wieder einmal richtig mit Messer und Gabel zu essen und nicht hastig in mich hineinzulöffeln. Ja, sogar das Lametta an der reich geschmückten Tanne wirkte, als wäre jeder Faden vorher noch einmal vorsorglich aufgeplättet worden. Außer mir gab es nur zwei weitere Gäste, einen mittelalterlichen, gutaussehenden Herrn, anscheinend ein Junggeselle, der so höflich war, dass er sich jedes Mal erhob, wenn die Hausfrau aufstand, um in die Küche zu gehen, denn, wie es sich für Gutmenschen gehört, hatte das Personal natürlich an diesen Festtagen Ausgang. Er war ein guter Zuhörer, während der dritte Gast eben jene exaltierte Dame aus dem Schuhgeschäft war. Im Gegensatz zum Hausherrn, der übliche Komplimente wie »Sie erinnern mich so an meine Großmutter« taktvoll vermied, ging sie ein wenig herablassend im Omaton mit mir um, der sich allerdings schlagartig änderte, als Karla wieder begann, mein Loblied zu singen, und einen hübschen, aber völlig wertlosen Ring herumzeigte, wie man ihn früher in Knallbonbons und heute wahrscheinlich in den Überraschungseiern findet. »Kannst du dich noch erinnern, Tante Vera?«, fragte sie. »Der stammt noch aus der Zeit, als du für mich den Weihnachtsmann gespielt hast.« Und dann bekamen die Gäste noch einmal die wundersame Geschichte über mich und meine Uneigennützigkeit aufgetischt.

Der Hausherr brachte mich persönlich nach Haus, konnte man doch unmöglich einen so hochbetagten Gast irgendeinem Taxifahrer anvertrauen. Zum Dank dafür bestaunte ich sein wundervolles, mit allen Raffinessen ausgestattetes Auto, und er erklärte mir beglückt und in allen Einzelheiten jede Funktion. Fürsorglich stellte er den Sitz zurück und brachte die Kopfstütze für mich in die passende Höhe. Mein Herz schmolz dahin. Der gute Junge. Er würde mich sicher nicht im Schnee aussetzen, und sollte es dereinst per Gesetz seine Pflicht sein, würde er bestimmt noch für einen warmen Mantel sorgen.

Zu Hause warf ich beschwingt meine Handtasche aufs Bett und gab meiner Waschmaschine, die mich vorwurfsvoll anglühte, weil ich vergessen hatte, sie auszustellen, einen versöhnlichen Klaps. Es war noch nicht allzu spät, aber ich verspürte keinerlei Verlangen wie sonst, noch einmal draußen meine Runde zu drehen, um Ruhe und Stille zu genießen.

Das ist nun fast ein Jahr her. Von Karla höre ich nur in großen Abständen. Das Aufwärmen alter Familienbeziehungen hält in der Regel nicht lange vor. Außerdem ist meine wiedergefundene Nichte extrem viel unterwegs. Aber allzu traurig bin ich nicht darüber. Es ist wie's ist, und das Schönste an Weihnachten ist doch im Grunde Ruhe und Gemütlichkeit, was soll ich da bei anderen Leuten!

»Was machst du neuerdings für ein Gewese

um Heiligabend?«, fragt Kläuschen unbarmherzig, als ich wieder davon anfange.

In diesem Jahr schickt uns Petrus tatsächlich in der Adventszeit ein paar Schneeflocken. Aber nach dem Wetterbericht zu urteilen, wird das bisschen Schnee kaum bis Weihnachten überleben. Das Telefon klingelt. Es wird Kläuschen sein, der mich neuerdings reichlich mit Lotti-Geschichten anödet. Stattdessen höre ich eine etwas abgehetzte Stimme, die sagt: »Entschuldige, Tante Vera, dass ich mich erst heute melde. Es ist viel passiert in der Familie, und ich bin gerade erst von einer Reise zurück. Trotzdem hoffe ich, du machst uns wieder die Freude und kommst Heiligabend.«

Ich eile, nein, ich fliege – zum Friseur.

Der Überraschungsgast

Im Lauf der langen Jahre war ihr großer Freundeskreis zu einem Häuflein klein aus fünf Siebzig- bis Fünfundachtzigjährigen zusammengeschrumpft, das sich aber immer noch traditionsgemäß jedes Jahr am ersten Weihnachtstag nachmittags bei Freund Karl einfand. Der ehemalige Chefredakteur einer kleineren Wochenzeitung, seit ein paar Jahren Witwer, hatte für alle diese Treffen stets eine Überraschung in petto gehabt. Mal hatte er ihnen einen irgendwo in der Innenstadt aufgegabelten Musiker serviert, der drei Instrumente gleichzeitig spielen konnte, mal eine hübsche Studentin, die ihnen beibrachte, wie man Gläser bepinselt, was allerdings bei den Männern nur zurückhaltende Begeisterung auslöste, mal eine Wahrsagerin und Kartenlegerin, die in Anbetracht des hohen Festtages natürlich nur Positives von sich gab und höchst unwahrscheinliche Glückserlebnisse prophezeite. Auch ein stark bebarteter Herr mittleren Alters war unter den Überraschungsgästen gewesen. Er versuchte sie zum Gedächtnistraining zu animieren, was sie zwar überflüssig, aber auch ganz witzig fanden. So war man auch diesmal sehr gespannt, was Karl sich ausgedacht hatte. Außer ihm war Gottlieb der einzige weitere Mann in der Runde. Er war eingefleischter Junggeselle, aber finanziell durch eine Erbschaft gut gepolstert und daher viel auf Reisen, von denen er gern in poetischen Worten berichtete. Unter den Damen war die ehemalige Studienrätin Brigitte die Jüngste, konnte sie doch als Einzige noch mit einer Sieben vor der Null aufwarten. Sie war ebenfalls Single und besaß immer noch eine beneidenswerte Figur, die sie durch elegante Kleidung betonte, und ein fast faltenfreies Gesicht, sodass, wie sie gern lachend erzählte, im Bus sich niemand bemüßigt fühlte, ihr einen Platz anzubieten. In jüngeren Jahren hatten die Frauen im Freundeskreis versucht, sie mit Gottlieb zu verkuppeln, was allerdings an beiden scheiterte. Sie war immer guten Mutes, wusste sich, geschult durch ihre Tätigkeit, in den schwierigsten Situationen durchzusetzen und genoss trotz ihres beneidenswerten Aussehens die volle Sympathie der Ehefrauen. Der Kreis schloss sich mit Stephanie und Nata, die schon zusammen die Schule besucht hatten.

Beide wohnten nicht weit voneinander entfernt, und so bot sich Nata auch diesmal an, Stephanie im Auto mitzunehmen. Stephanie war schon seit vielen Jahren Witwe und bedauerlicherweise recht schusselig, wofür die ungeduldige Nata wenig Verständnis zeigte, was aber wiederum von ihrer Freundin gleichmütig hingenommen wurde. Und zugegebenermaßen war es ja auch recht ärgerlich, wenn sie die Handtasche auf dem Wagendach liegen ließ, sodass sie beim Anfahren herunterrutschte und ihr Inhalt auf der Straße zusammengesucht werden musste. Und sicher war es nicht ungefährlich, häufig den Wohnungsschlüssel außen stecken zu lassen. Aber am meisten brachte die leicht cholerische Nata in Rage, dass ihre Freundin ständig die Namen ihrer eigenen Enkelkinder nicht auseinanderhalten konnte, was aber Stephanie eher belustigte als kränkte, denn Nata besaß neben ihrem aufbrausenden Temperament viel Humor und erwies sich in schwierigen Lebenssituationen stets als treue Freundin.

Auf dem Weg zu Karl machte Nata ihrer üblichen, der immer noch bei ihr wohnenden Tochter geltenden Gereiztheit ungehemmt Luft. Nata war seit langem geschieden und begluckte die Tochter so intensiv, dass, wie die Freunde behaupteten, das arme, nun inzwischen fast fünfzigjährige Geschöpf noch nicht mal in der Lage war, sich ein Paar Schuhe allein zu kaufen. Stephanie gähnte vor sich hin und nahm Natas Ärger gelassen zur Kenntnis.

Karls Hütte, wie er sein recht stattliches Haus nannte, lag etwas außerhalb der Stadt, umgeben von einem alten Baumbestand. Zwei große, reichlich mit elektrischen Kerzen bestückte Blautannen zeigten den Weg von der Gartentür zur Haustür. Doch der weihnachtliche Glanz bekam wenig Unterstützung von der Natur, denn es regnete, wie üblich in dieser Gegend, in Strömen. Dafür war es im Haus recht mollig. Das Feuer im Kamin gab sein Bestes, und es roch angenehm nach Tannengrün, Weihnachtsgebäck und aufgebrühtem Kaffee. Hund Kucki begrüßte die Gäste vor Freude fiepend, drehte sich wie ein Kreisel und versuchte, nach seinem buschigen Schwanz zu schnappen. Dann sprang er, kaum hatten sich die Gäste gesetzt, mit einem solchen Satz auf Stephanies Schoß, dass ihr Stuhl ins Kippeln geriet.

Brigitte, sonst die Pünktlichkeit in Person, kam diesmal reichlich spät. Als sie endlich, schicker als sonst und nach einem teuren Parfum duftend, auftauchte, bekamen die Freunde runde Augen. »Für wen hast du dich denn so in Schale geworfen? Da ist doch wohl nichts im Busch?«

Brigitte streichelte etwas verlegen Kucki. »Ach was, das Kostüm ist doch schon uralt«, was bei ihr so viel wie vier Wochen bedeutete. »Ich hab heut Abend nur noch was vor.«

»Hört, hört!«, rief Karl leicht gekränkt. »Sag doch gleich, was Besseres. Na, ich hol erst mal den Kaffee.«

»Oh, dieser Kuchen«, seufzte Stephanie. »Wo ich doch gerade dabei bin, mir Süßigkeiten abzugewöhnen.«

»Ach was«, sagte Karl, »komm mir doch nicht damit. Nun guten Appetit.«

Nach dem üblichen Gerede über Politik (eine Katastrophe), Arbeitslosigkeit (wo soll das enden) und Terrorismus (man fasst es nicht) rückte Karl damit heraus, was er sich für diesen Nachmittag ausgedacht hatte. Jeder sollte eine Geschichte erzählen, aber möglichst kurz und knapp und ein bisschen was mit Herz und Schmerz. Danach werde er entscheiden, in welche journalistische Kategorie sie passen könnte, ob Feuilleton, Glosse, Kommentar, Lokales, Gemischtes. Er grinste. »Na, ich bin wirklich gespannt, was ihr so auf Lager habt. Anschließend gibt es dann wieder einen Überraschungsgast. Wer von euch will den Anfang machen?«

»Immer der, der fragt«, sagte Stephanie.

»Ich halte mich da raus«, sagte der Gastgeber. »Ich kann schließlich nicht meine eigene Geschichte bewerten, obwohl, auch ich war ein Jüngling mit lockigem Haar.« Er strich sich wohlgefällig über seine Glatze. »Ich hätte genug Stoff, aus dem die Träume sind. Oder soll ich euch dafür ein bisschen was aus meinem früheren Beruf erzählen?«

Ja, das wollten seine Gäste gern. »Aber nicht das ganze Repertoire«, wie Gottlieb bemerkte, »nicht der alte Hut vom Witwenschüttler oder dem Interview mit dem Henker von Paris und wie dir dabei schlecht geworden ist.«

»Gut, gut«, sagte Karl, »ich werde mich daran halten. Aber alles kennt ihr dann doch noch nicht, zum Beispiel, was ich von meinem früheren Chefredakteur gelernt habe, wie man die Leser bei der Stange hält. Ich hatte irgendeinen weiblichen Star interviewt, und als er das Interview gelesen hatte, sagte er: ›Die Leute wollen nicht wissen, dass die Diva einfach so im Nachthemd am Fenster steht, sondern sie möchten lesen, dass es sich um ein spitzenbesetztes durchsichtiges schwarzes Negligé handelt.‹ Und als ich ihn verdutzt angesehen habe, hat er hinzugefügt: ›Unterschätzen Sie nicht das puritanische Interesse an den Details der Sünde.‹«

»Nein!«, rief Brigitte. »Das kannten wir nun wirklich noch nicht.«

Und Karl sagte: »Dann habe ich hier noch etwas beim Aufräumen gefunden. Es ist ein Vers aus einem Gedicht, das auf unsere größte Boulevardzeitung gemünzt war.«

Er begann zu lesen: »›Meuchelmord im Schneegestöber, Rattengift in Gänseleber, Flugzeugabsturz, dreißig Tote, Rabe war der Unglücksbote, Gattenmord im Ehebett, Verbrennungstod im Nierenfett, Einbruchsdiebstahl im WC, Schwein ertrank im Bodensee, Bäcker fiel in Jauchegrube, Schlägerei in Bauernstube, Untermieter totgeschlagen, Täter floh im Kinderwagen.‹ So, Stephanie, und nun bist du an der Reihe.«

»Warum gönnst du uns nicht das ganze Gedicht?«, fragte Brigitte enttäuscht.

»Zu lang, zu lang«, sagte Karl. »In der Kürze liegt die Würze.«

»Ob ihr's glaubt oder nicht«, sagte Stephanie, »eben noch hatte ich eine sehr schöne Geschichte parat, und nun habe ich sie vergessen.«

»Das glauben wir dir aufs Wort«, sagte Gottlieb. »Aber du hast doch bestimmt noch was anderes auf Lager.«

»Stimmt«, sagte Stephanie. »Diese Geschichte hat uns letztes Jahr fast das Weihnachtsfest vermasselt. Da habe ich nämlich die Festtage bei meinem ältesten Sohn verbracht. Johannes ist ja nicht gerade der Gesprächigste.«

»Dafür redet deine Schwiegertochter umso mehr«, bemerkte Nata.

»Aber es ist dort immer sehr gemütlich«, fuhr Stephanie fort, »und das Glück besonders groß, seitdem sie endlich ein Kind haben. Doch diesmal herrschte an Heiligabend ausgesprochen dicke Luft. Meine Schwiegertochter war immer kurz davor, in Tränen auszubrechen, und Johannes noch maulfauler als sonst. Erst als ich ihr in der Küche beim Abendbrotmachen half, rückte sie endlich mit der Sprache raus. ›Er betrügt mich‹, zischte sie. ›Ich lasse mich scheiden.‹ Enkel Douglas kam in die Küche getrollt und streckte seine Hand nach den belegten Broten aus. ›Lass das gefälligst!‹, fuhr ihn seine Mutter an.

›Schimpf doch nicht so mit mir, Mäuschen. Was bist du heute wieder fies zu mir‹, flötete der

Junge in einem ganz quieksigen, neckischen Tonfall und verzog sich.

›Jetzt hörst du's selber!‹, rief meine Schwiegertochter und brach in Tränen aus. ›So spricht er doch sonst nicht. Wahrscheinlich hat es sich diese Person in meinem Haus wohl sein lassen, während ich für ein paar Tage bei meiner Mutter war. Jedenfalls, mein Vokabular ist das nicht.‹«

»Und«, fragte Gottlieb, »hat sich das Ganze aufgeklärt?«

Stephanie nickte. »Gott sei Dank gleich am nächsten Tag. Da kam nämlich vormittags ein Elternpaar vorbei, dessen Sohn in denselben Kindergarten wie Douglas geht und dicke Tunke mit ihm ist. Sie wollten ein kleines Geschenk von ihrem Jungen für Douglas abgeben. Das Ehepaar steht im Flur, und plötzlich ruft die Frau: ›O Gott, ich hab das Geschenk für Douglas in meine andere Tasche gepackt!‹ Die Reaktion des Ehemannes war alles andere als freundlich, und was sagte sie ganz quiekig und klagend? ›Schimpf doch nicht so, Mäuschen, was bist du wieder fies zu mir.‹«

Alles lachte, und Karl sagte milde: »Der Stoff haut einen nicht gerade vom Hocker, hat aber eine ganz hübsche Pointe und ist daher gut für die weihnachtliche Beilage zu gebrauchen. Nun bist du an der Reihe, Nata.«

»Ich bin noch am Grübeln. Wie wär's mit dem Bombenalarm in unserem Viertel? Dort ist nämlich vor kurzem ein Blindgänger gefunden worden, und viele mussten ihre Wohnungen räumen. Da haben sich vielleicht Dramen abgespielt!«

»Abgelehnt«, sagte Karl. »Mit Bomben bedient uns schon das Fernsehen überreichlich.«

»Dann hätte ich da noch eine schöne Mutter-Tochter-Geschichte und, weil es Weihnachten ist, mit positivem Ausgang.«

»Mit positivem Ausgang? Da kann es sich nicht um dich und Verena handeln«, sagte Gottlieb.

»Tut es aber«, sagte Nata. »Verena hat nämlich seit kurzem einen Freund.«

»Was?« Das fanden ja nun alle hochinteressant, denn bislang hatte dieses arme fünfzigjährige Kind nicht einmal die leiseste Chance gehabt, sich ohne ihre Mutter einem Mann überhaupt nur zu nähern.

»Ja, ja!«, rief Nata. »Ihr braucht gar nicht so zu grinsen. Wir haben uns deswegen fürchterlich in die Haare gekriegt. Ich habe Stephanie auf der Herfahrt schon davon erzählt.«

Ihre Freundin sah sie verblüfft an. »Ich dachte, du redest von deiner Putzfrau, mit der gerätst du doch auch häufig aneinander.«

»Es ist immer dasselbe!«, rief Nata anklagend, »nie hörst du richtig zu! Aber eins steht fest: Was Schlimmeres hätte sie sich gar nicht aussuchen können! Eine Masse Mann mit Stirnglatze und Polohemd und noch dazu ein stellungsloser Grafiker. Da hätte jede andere Mutter auch das Gruseln gekriegt. Ich musste mich erst mal von diesem Schock erholen und habe einen langen Spaziergang durch den Stadtpark gemacht. So ein Hundenarr wie unsere liebe Stephanie bin ich zwar nicht, aber ab und zu finde ich die herumtobenden Hunde auch ganz drollig, und dann kommt man auch mal ins Gespräch mit den Besitzern, und an diesem Tag war's eine Dame, die wirklich ein mehr als merkwürdiges Hundegespann bei sich hatte. Es bestand aus einem äußerst lebhaften Terrier und einem monsterähnlichen Tier mit viel Haar, Schlappohren, riesengroß und mit stattlichem Bauch, aber auch auf schon ziemlich stöckrigen Beinen. Deshalb ließ sich der Herr einfach alle paar Schritte schnaufend platt wie ein Bettvorleger auf den Rasen fallen und hielt ein Nickerchen, während der Foxterrier um ihn herumsprang und liebevoll sein Ohr bekaute. Wie er da so schnaufend lag, sah er fast wie ausgestopft aus.

›Die beiden sind ja wirklich nicht aus demselben Holz geschnitzt‹, sagte ich zu der Besitzerin.

Die lachte. ›Das stimmt, sie passen wirklich nicht zusammen. Aber ich habe den großen Rüden nur der Not gehorchend angeschafft.‹ Und dann stellte sich heraus, die Terrierhündin war mit dem Foxterrier des Nachbarn eng befreundet gewesen, und der wurde vom Auto überfahren. Daraufhin versank sie so in Schwermut, dass sich die Familie Sorgen um sie machen musste. Von dem Nachfolger ihres Freundes wollte sie nichts wissen, fraß nicht mehr, folgte nur lustlos beim Gassigehen und knurrte jeden Menschen an, der sie streicheln wollte. Nicht einmal mit ihren Spielfreunden im Park wollte sie mehr etwas zu tun haben. Da ist dann die Dame mit ihr in ein Tierheim gezogen und hat sich nach einem passenden Spielgefährten für sie umgeguckt. Aber sie zeigte für keinen der Hunde Interesse. Bis auf diesen hier. Sie war ganz verrückt nach ihm, hat gejault und sich gesträubt und nicht mehr von der Stelle gerührt. Was blieb Frauchen also anderes übrig als dieses schmucke Exemplar mitzunehmen, das nur noch an Leckerlis interessiert ist und den ganzen Tag schläft. Und ob ihr's glaubt oder nicht, als wenn er gewusst hätte, dass von ihm die Rede war, erwachte der Bettvorleger plötzlich zu neuem Leben. ›Schauen Sie‹, habe ich gesagt, ›er weiß doch, was für ein Glück er hatte.‹ Aber sie sagte: ›Das langweiligste Tier, was mir je begegnet ist. Verständlich, dass das Heim überglücklich war, ihn los zu sein. Aber was tut man nicht für seinen Hund. Etwas Gutes hat die Sache ja: Selbst für die Liebe wird er kaum noch in Schwung kommen.‹«

»Und was will der Dichter uns damit sagen?«, fragte Brigitte.

»Dass es egal ist, wo die Liebe hinfällt oder wer sie in einem entfacht«, sagte Nata. »Ich bin in mich gegangen und hab mir vorgenommen, Verena nicht mehr so zu gängeln und mich mit dem Freund abzufinden.«

»Sie zieht also aus«, sagte Brigitte. »Sehr vernünftig.«

»Wie kommst du denn darauf?«, rief Nata aufgebracht. »So weit kommt es noch. Nein, aber ich hab ihr erlaubt, Weihnachten bei ihm zu verbringen.«

»Wirklich eine sehr schöne, zu Herzen gehende Geschichte«, sagte Karl. »Die Sache mit dem zu Hause wohnen bleiben streichen wir natürlich weg. Sonst ist ja die ganze Pointe im Eimer. Ein bisschen zurechtfrisiert, ist es ein ganz hübsches Geschichtchen für die Weihnachtsausgabe.«

»Und nun zu dir, lieber Gottlieb!«, rief Brigitte. »Ich hoffe, du hast im Gegensatz dazu mal eine richtig schöne Klatschgeschichte für uns parat. Also bitte, keine in Licht gebadeten Kathedralen, Burgen oder Schlösser. Früher hattest du doch immer ganz flotte Sachen in petto.«

»Ich denke mal«, sagte Gottlieb geschmeichelt, »von dieser hier wirst du bestimmt nicht enttäuscht sein. Ich war nämlich neulich mal wieder in der Sauna und bin dort mit einem sehr netten Herrn ins Gespräch gekommen, so etwa in deinem Alter, aber noch sehr gut in Form und kein Gramm Fett zu viel am Körper. Wie er mir erzählte, war er wie ich Junggeselle und hatte das Leben, wie er sagte, in vollen Zügen genossen. Und anscheinend genoss er es immer noch, denn er hatte sage und schreibe vier feste Freundinnen in vier verschiedenen Städten, die voneinander nichts wussten. Meinen Einwand, dass doch so ein Arrangement nicht nur anstrengend, sondern auch ziemlich unfair sei, ließ er nicht gelten. ›Meine Damen entbehren nichts und können sich in keiner Hinsicht beklagen. Sie sind glücklich, und dass man in Geschäften oft im Ausland unterwegs ist, macht einen ja eher interessant. Ich spare ja auch weiß Gott nicht an ihnen. Ich liebe sie alle vier, höre ihnen auch gern zu, und das ist für Frauen sehr wichtig, glauben Sie mir.‹

Ich hab ihn natürlich gefragt, ob er nie befürchtet habe, dass das Ganze irgendwann mal auffliegt. ›Alles eine Sache der Organisation‹, hat er mir versichert. ›Ich habe zum Beispiel bis zu meiner Pensionierung in einer englischen Firma in London gearbeitet und werde immer noch von ihnen angefordert, wenn's wo brennt. Das gibt sehr viele Möglichkeiten, sich herauszureden.‹

›Wirklich erstaunlich‹, sagte ich, ›Frauen haben doch meist den sechsten Sinn für das, was man fremdgehen nennt.‹

›Nun‹, sagte mein Gesprächspartner, ›meine Freundinnen sind ja keine Dutzendware, sondern sehr eigenständige Persönlichkeiten, und ich habe ihnen von vornherein reinen Wein eingeschenkt, dass ich nicht gewillt bin, eine Ehe einzugehen. Und nach einigen vergeblichen Versuchen, mich doch noch rumzukriegen, haben sie es akzeptiert, und wie ich finde, sind wir alle miteinander sehr glücklich. Das heißt, Nummer vier ist vor kurzem völlig unerwartet abgesprungen, und ich gebe zu, ich war rasend vor Eifersucht. Inzwischen habe ich eine neue Bekanntschaft gemacht. Ich glaube, sie ist genau das Richtige für mich. Ein paar Jahre jünger, aber auch kein heuriger Hase mehr. Man wird sehen.‹«

»Was für ein unmöglicher Mensch!«, rief Nata aufgebracht. »Das ist ja fast kriminell, das Glück anderer Menschen auf Lügen aufzubauen!«

»Nata!«, rief Karl unwillig. »Nu komm mal wieder runter von der Palme! Dem Glück ist es doch völlig schnurz, solange die Lügen nicht rauskommen. Und wenn sie es dummerweise tun, hat man wenigstens immer noch schöne Erinnerungen.«

»Du musst es ja wissen«, sagte Nata spöttisch, denn es war im Freundeskreis bekannt, dass er in seiner Ehe viel Nebenluft gehabt hatte.

»Wie sieht er denn eigentlich aus?«, fragte Brigitte, zu Gottlieb gewandt.

»Ein bisschen wie Richard von Weizsäcker, unser Alt-Bundespräsident. Und er ist genauso von Adel.«

»Ja, und dieser interessante Mensch«, sagte Karl, »wird heute auch unser Überraschungsgast sein.« Er sah sich suchend um. »Wo ist denn Brigittchen geblieben?«

»Na, wo wohl?« Stephanie sah ihn tadelnd an.

Doch die Zeit verstrich, und die Freundin ließ sich nicht blicken. Stephanie ging auf die Suche und kam völlig entgeistert zurück.

»Sie ist gegangen, einfach so!«, rief sie. »Und das hier hat sie hinterlassen.« Sie schwenkte einen Zettel.

»Nun mach schon«, sagten die Freunde ungeduldig. »Was steht drauf?«

»Meine Geschichte«, las Stephanie vor, »ist die kürzeste von allen. Ich bin die neue Nummer vier dieses interessanten Menschen.«

Einen Augenblick herrschte Schweigen. Dann sagte Karl: »Dann wird sie jetzt wohl auf dem Weg zu ihm sein, und unseren Überraschungsgast können wir von der Liste streichen. Aber eins steht fest: Diese Geschichte ist eine Schlagzeile wert.«

Das neue Jahr verging in einem noch schnelleren Tempo als das vergangene. Brigitte meldete sich ab und an bei diesem und jenem der

Freunde und war dann wieder aus ihrem Blickfeld verschwunden, was aber nicht weiter auffiel, weil jeder genug mit sich selber zu tun hatte. Karl hatte sich entschlossen, seine Memoiren zu schreiben, eins von Stephanies Enkelkindern – war es Andrea? Nein, vielleicht doch Miriam? – wurde zur Schulsprecherin gewählt, Gottlieb war meist auf Reisen, und Natas Tochter schloss mit ihrem Grafiker den Bund fürs Leben.

Kurz vor Weihnachten fragte Brigitte bei Karl an, ob es wieder ein weihnachtliches Treffen gebe und ob sie jemanden mitbringen dürfe.

»Von mir aus«, sagte Karl etwas verdutzt.

»Ich habe nämlich inzwischen geheiratet«, erklärte sie ihm.

Das war natürlich die Sensation schlechthin. Jeder konnte sich denken, wer der Glückliche war. Die Bestätigung brachte der erste Weihnachtsfeiertag. Allerdings wirkte dieser Richard-von-Weizsäcker-Verschnitt auf die Freunde ein bisschen wie ein in Freiheit aufgewachsenes Tier, das nun plötzlich im Zoo gelandet war.

Es wurde ein vergnügter Nachmittag, und als Nata Brigitte für einen kurzen Moment allein erwischte, fragte sie mit gesenkter Stimme:

»Aber die anderen Freundinnen – stört dich das nicht?«

»Was für Freundinnen?«, fragte Brigitte, und ihre Augen funkelten.

Das Kriegstagebuch

Ausgerechnet in der Vorweihnachtszeit, wenn man doch als Mutter und Hausfrau sowieso schon nicht mehr wusste, wo einem der Kopf stand, musste Tante Bärbel sterben. Ärgerlich gab Roberta dem Lieblingsspielzeug ihres ältesten Sohnes, einem ferngesteuerten schnittigen Jaguar, einen solchen Tritt, dass seine Geschwindigkeit es mit jedem Auto auf der Straße aufnehmen konnte. Zwei ihrer älteren Jungen lagen mit Grippe im Bett, doch nach ihren Stimmen zu urteilen, hinderte sie die Schwere ihrer Krankheit nicht daran, sich kräftig in die Haare zu kriegen. Die vollbeladene Spülmaschine gab plötzlich mit einem wimmernden Geräusch ihren Geist auf, die Putzfrau, ein äußerst sensibler Mensch, sagte: »Ich habe auch nur zwei Hände«, band sich die Schürze ab und verließ das Haus. Das Au-pair-Mädchen, blitzschnell erfassend, dass sie nun die doppelte Arbeit erwartete, verzog sich mit einem klagenden »Ich auch sehr krank!« in ihr Zimmer. Finster musterte Roberta ihren Jüngsten, der mal wieder quietschend vor Lachen seinen Teddy durch die Gegend schmiss. Er war ein lockenköpfiger Charmebolzen, dem seine größeren Brüder mit Vorliebe die schlimmsten Schimpfwörter eintrichterten. Er hatte ausgerechnet die Frau des Kinderarztes, die ihrem Mann in der Praxis half und wohlwollend, wenn Not am Mann war, für einen schnellen Termin sorgte, mit charmantem Lächeln ein Arschloch genannt, und das im Supermarkt an der Kasse. Leider erwies sich die kinderlose Arztgattin als nicht so tolerant, wie man es bei dem Beruf ihres Mannes erwarten konnte. Robertas gestammelte Entschuldigung nahm sie zwar mit einem verständnisvollen »Kinder in diesem Alter sind nun mal so« an, aber ihr Gesicht sah alles andere als verständnisvoll aus.

Wirklich ein Tag zum Mäusemelken. Dreimal war Roberta schon aus dem entferntesten Winkel des Hauses zum Telefon getrabt, weil sie auf einen Anruf in Sachen Begräbnis wartete, und jedes Mal gratulierte ihr eine jubelnde Stimme zu einem angeblichen hohen Gewinn. Und dann, um das Maß voll zu machen, war ihr beim Inspizieren der Krippenfiguren eine davon unbemerkt vom Schoß geglitten und von ihr zertreten worden. Ausgerechnet die war das Lieblingsstück ihres Mannes, ein ziemlich plumper holzgeschnitzter Schäferhund mit einem ausgesprochen dümmlichen Ausdruck, aber für ihren Mann eine große Kostbarkeit, hatte ihn doch sein Großvater aus der Kriegsgefangenschaft mitgebracht.

Ihr Wölfchen war eine Seele von Mensch, wenn auch nicht das, was man sich unter einem Traumprinzen vorstellte. Eher zur Fülle neigend, etwas bequem, aber tüchtig im Beruf. Sozusagen ein williges Pferd, das den Familienkarren mit seinen sehr kostspieligen Insassen klaglos über Stock und Stein zog, so übertrieben ihm die Wünsche auch manchmal vorkamen. Sein weiblicher Haushaltsvorstand war nicht gerade von der sparsamen Sorte. Wenn er manchmal dagegen bockte, erinnerte ihn seine Frau sanft daran, dass sie für ihn das große Opfer gebracht hatte, ihre berufliche Karriere abzubrechen. Sie war nicht, wie viele Kolleginnen, dem Ruf der Zeit gefolgt, sondern ohne Wenn und Aber zu Heim und Herd zurückgekehrt, um Kindern und Mann gleichermaßen zu dienen. Ehrlicherweise gestand sie sich hin und wieder ein, dass das mit dem Beruf nicht ganz so doll und die Wahrscheinlichkeit sehr groß gewesen war, dort, wo sie mal angefangen hatte, letzten Endes zu versauern. Und so bekam sie, was sie wollte, auch wenn ihm vieles völlig unverständlich blieb, etwa, dass Weihnachten bei den Müttern anscheinend schon im November begann. Manchmal fragte er sich auch, warum seine armen Kinder dauernd durch die Gegend gehetzt wurden, zu jedem Anlass passend gekleidet, rein ins Auto, raus aus dem Auto, immer in der Angst, sie könnten irgendetwas von dem Wichtigen verpassen, das andere Mütter ihren Sprösslingen boten. Gelegentlich wurde es selbst Roberta zu viel. Aber der Gruppenzwang war stärker. Großartige Kindergeburtstage, Sportarten wie Tennis und Reiten waren Statussymbole. Schon schlimm genug, dass ihr Lockenköpfchen noch nicht alle Zähne hatte. Die Blicke der anderen Mütter kreuzten sich vielsagend, und man fühlte sich zum Trost bemüßigt. »Mach dir nichts draus, er ist eben ein Spätentwickler.« Und mit dem Sprechen hatte er es auch noch nicht so, bis auf die Schimpfwörter.

Mit ihrem Wölfchen aber hatte Roberta einen Glücksgriff getan. Allerdings reagierte er auf gewisse Dinge unerwartet höchst empfindlich, etwa, wenn er die Zeitung nicht mehr sauber gefaltet, womöglich noch mit vertauschten

Seiten in die Hände bekam, sich eines seiner Kinder seine Lieblingsschokolade einverleibt hatte, im leeren Badezimmer das Licht brannte oder sich in seinem Arbeitszimmer auf dem Schreibtisch jede Menge Spielautos tummelten. Er war der Einzige, der den warnenden Spruch des Spiels »Mensch-ärgere-dich-nicht« vergaß, und hatte seine Nörgeltage. Dass Eltern und Bruder Heiligabend bei ihnen verbrachten, war eine Selbstverständlichkeit, was wiederum Robertas Mutter verstimmte.

»Warum kommt sie nicht auch?«, fragte Wölfchen verständnislos. »Das Haus ist groß genug.«

Aber das wollte seine Schwiegermutter auf keinen Fall, jetzt als Witwe womöglich jemandem zur Last zu fallen.

»Mach, wie du denkst, Mama«, sagte Roberta, mal wieder sehr froh darüber, dass ihre Mutter nicht gerade um die Ecke wohnte, sondern achthundert Kilometer entfernt. Der tägliche Telefonanruf war schon anstrengend genug. Die Schwiegermutter war nicht ganz so besitzergreifend. Sie tauschte mit ihr verständnisvolle Blicke über das männliche Gehabe zwischen Vater und Sohn, wenn es um die Qualität eines bestimmten Weines, einer bestimmten

Automarke oder ihre beruflichen Erfahrungen ging, wobei der Vater mit guten Ratschlägen nicht sparte, die Wölfchen nachsichtig hinnahm. Aber wegen ihrer vielgepriesenen Kochkünste war sie ganz erfüllt von sich und konnte sich gegenüber ihrer Schwiegertochter manchmal gewisse kleine Sticheleien in dieser Richtung nicht verkneifen. Was die Krippenfiguren anging, war sie jedoch wieder ganz auf Robertas Seite und gab ihr recht, dass ihr Wolfgang sich damit reichlich anstellte. Jedes Jahr schleppte er wieder neue Figuren an, sodass sie allmählich den Weihnachtsbaum förmlich einkreisten und alle Augenblicke sein warnender Schrei ertönte: »Seid vorsichtig, wohin ihr tretet!« Doch sein Ein und Alles war dieser hässliche Hund. Sein Großvater hatte ihm, als Wolfgang noch ein Kind war, die schönsten Geschichten darüber erzählt, die er nun, angereichert mit eigenen Phantasien, an seine Jungen weitergab, und, das musste Roberta zugeben, die Kinder hörten sie gern. Sie seufzte. Wegen dieses zertretenen Hundes würde es ein großes Gemaule geben.

Ihre Gedanken wurden jäh durch das Telefon unterbrochen. Diesmal war es die Leiterin des Altersheims, in dem Tante Bärbel gestorben war. Sie habe bereits das Nötige eingeleitet, teilte sie Roberta mit, und ihre Stimme klang reserviert. Roberta spürte den unausgesprochenen Vorwurf: »Hast dich ja lange nicht mehr blicken lassen.« Die Frau hatte keine Ahnung! Immer blieb alles an ihr hängen. Wölfchen hatte nur gesagt: »Da musst du dich wohl kümmern.« Dabei wäre das ja eigentlich Sache ihrer Mutter gewesen, zumindest, was die seelische Betreuung betraf. Sie war schließlich die Nichte und hatte Zeit genug. Aber wie immer fand sie es auch jetzt ganz selbstverständlich, dass Roberta diese Aufgabe übernahm. Bevor sie sich mit dem Auto auf den Weg zum Heim machte, griff sie sich noch mal das Lockenköpfchen. Der wusste schon, was sie wollte, und öffnete weit den Mund. Noch kein weiterer Zahn. Ein behindertes Kind, entsetzlich! »Arschloch«, sagte der Kleine und trollte sich.

Hier eine kleine Spende, dort ein kleines Trinkgeld erwärmten die zunächst etwas frostige Stimmung im Heim erheblich. Und auch der Bestatter war sehr entgegenkommend. Am fünfzehnten Dezember würde die Beisetzung sein. Roberta bedauerte der Leiterin gegenüber, dass sie Tante Bärbel nicht noch einmal sehen konnte. Aber im Grunde war sie erleichtert.

Die Ordnungsliebe ihrer Großtante erwies

sich als sehr vorteilhaft, und so war das kleine Appartement schnell geräumt. Roberta nahm in dem einzigen Sessel Platz und gab sich für eine Weile den Erinnerungen an sie hin. Ihre Großmutter väterlicherseits hatte sie kaum gekannt. Aber ihr Vater war ein Patensohn von Großtante Bärbel. Anfangs war die Tante ein gern gesehener Gast bei ihren Eltern gewesen. Damals arbeitete sie noch im Krankenhaus, und von ihr beeinflusst, war es eine Zeit lang Robertas größter Wunsch, in ihre Fußstapfen zu treten. In dieser Zeit wehrte sich ihre Familie vergeblich gegen Robertas Versuche, bei ihnen Fieber zu messen, in den Hals zu gucken oder ihnen einen nassen Lappen auf die Stirn zu klatschen. Die fingerfertige Großtante hatte ihr die schönsten Kleider für ihre Puppen gehäkelt und genäht, hatte dem Teddy einen Matrosenanzug verpasst und ihn sogar, als Roberta in die Schule kam, mit einem klitzekleinen Schulranzen ausgestattet. Aber mit den Jahren ging der Kontakt mehr und mehr verloren. Denn auch die Tante hatte sich verändert, zumindest in den Augen der Familie. Sie schlug nur noch dauernd die Hände über dem Kopf zusammen über die neuen Zeiten und wurde, wie Robertas Vater sich diplomatisch ausdrückte, ein wenig mühsam, während Robertas Mutter, die inzwischen, der Mode entsprechend, mal knöchellang, mal kniekurz trug, mehr und mehr einen Grund fand, diese Narzisse, wie die Familie sich spöttisch zuflüsterte, nicht mehr einzuladen. Sogar im Krankenhaus sah man sie, als das Rentenalter erreicht war, trotz ihrer Tüchtigkeit nicht ungern scheiden. Mit ihrem ewigen Kopfschütteln, drastischen Worten über Unpünktlichkeit und Disziplinlosigkeit und anderes verwerfliches Verhalten der jungen Schwestern ging sie nicht nur dem Nachwuchs auf die Nerven. Schließlich war der Dienst am Kranken ein Beruf wie jeder andere.

Ein paar Jahre lang konnte sie in ihrer Wohnung ihr Rentnerdasein genießen, bis sie aus gesundheitlichen Gründen in ein Heim überwechseln musste. Natürlich war Roberta gelegentlich zu ihr gefahren, aber der Abstand zwischen den Besuchen war von Jahr zu Jahr größer geworden. Sie hatte ihr zu Weihnachten und zum Geburtstag geschrieben und Bilder von den Kindern geschickt, bis auch das einschlief. Als Robertas Vater unerwartet starb, konnte die Großtante aus gesundheitlichen Gründen nicht mal zur Beerdigung kommen.

Roberta seufzte und machte sich daran, ein

paar Sachen auszusortieren. Glücklicherweise war es immer Tante Bärbels Devise gewesen, wie sie es ausdrückte, mit leichtem Gepäck durchs Leben zu marschieren. So hatte sich wenig angesammelt, nur eine Schublade war vollgestopft mit allem, was Roberta ihr als Kind gemalt, gehäkelt, gestickt und gebastelt hatte. Alle Briefe hatte sie aufbewahrt, die Fotos von Roberta und den Kindern säuberlich eingeklebt. Roberta wurde von Gewissensbissen geplagt. »Ach, was soll's«, sagte sie schließlich und zog die nächste Schublade auf.

Dort fand sie einen kleinen geschnitzten Hund, Wolfgangs zertretenem Liebling sehr ähnlich, nur mit gespitzten Ohren und pfiffigem Blick. Das war die Rettung. So wie sie ihren Mann kannte, würde er die kleinen Unterschiede nicht bemerken. Nun half ihr das tote Tantchen sogar noch aus einer Bredouille. Neben dem Hündchen lag eine schwarze Kladde. Sie blätterte darin. Es waren Aufzeichnungen aus dem Zweiten Weltkrieg.

Roberta machte es sich noch einmal in dem Ohrensessel bequem und fing an zu lesen: »Heute haben wir unseren Einsatz bekommen. Es geht nach Russland.« Gelegentlich sah sich Roberta Sendungen über den Zweiten Weltkrieg an, aber die Medien taten vielleicht allmählich des Guten zu viel, denn Filme, in denen es donnerte und krachte und hilflose Menschen verstört herumliefen oder brennende Häuser zusammenstürzten, gehörten schon fast zur Tagesordnung. So verloren die Bilder langsam an Wirkung. Da war Tante Bärbels meist im lakonischen Stil verfasster Bericht schon wirkungsvoller. »Bahnsteig in Breslau, Zug nach Brestlitovsk, zu acht im Abteil, neben den Landsern und mir eine bulgarische Ärztin. In Brestlitovsk ist für unseren Zug Endstation. Wir sind zwei Tage und zwei Nächte gefahren. Ich habe einen Marschbefehl nach Smolensk und muss vier Stunden warten, weil die Strecke dorthin mal wieder von Minen zerstört ist und erst wieder repariert werden muss. Ich will nicht auf dem von Militär wimmelnden Bahnhof herumsitzen und beschließe, mir die zwei Kilometer entfernte Stadt anzusehen. Auf dem Weg dorthin komme ich an einem Wäldchen mit einem Soldatenfriedhof vorbei. Gleich rechts vom Eingang finde ich die Kreuze von durch Bomben und Minen umgekommenen Schwestern. Ich treffe einen jungen Soldaten, der mich bittet, ihm bei der Suche nach seinem gefallenen Bruder zu helfen. Er kommt gerade vom Heimaturlaub, und die Mutter hat ihm ein Rosenstöckchen mitgegeben, das er auf das Grab seines Bruders pflanzen soll. Der Friedhof ist sehr gepflegt. Es gibt sogar einen Wasserhahn und eine alte Blechbüchse zum Gießen. Alle Hügelgräber sind mit Begonien bepflanzt. Für die Stadtbesichtigung bleibt keine Zeit mehr. Ich kehre um. Man hat mich schon gesucht, weil der Zug nach Smolensk bereits abfahrbereit steht. Ich werde sehr beschimpft, hier in Russland mutterseelenallein auf Entdeckungsreise zu gehen.«

Roberta holte sich ein Glas Wasser und kam ins Grübeln. Die Tante musste damals so um die Fünfundzwanzig gewesen sein. In dem Alter hatte sie selbst gerade ihren zweiten Sohn bekommen und sich wahnsinnig aufgeregt, weil einer der Paten absagen musste. Sie las weiter.

»Im Zug sind die Fenster im Gang geöffnet, und an jedem Fenster steht ein Posten mit nach außen gerichtetem Gewehr. Rechts und links der Gleise ist der Wald aus Sicherheitsgründen ein breites Stück abgeholzt. Gegen Abend kommen wir in Smolensk an. Die Stadt hat gerade einen Fliegerangriff hinter sich, und wir müssen so schnell wie möglich aus dem Zug heraus, damit er wieder aus dem Bahnhof fahren kann, ehe ein neuer Fliegerangriff erfolgt. Plötzlich befinde ich mich mutterseelenallein im Stockdunkeln auf dem Bahnsteig und irre herum, bis ich einen Spalt Licht an einer Tür im Bahnhofsgebäude entdecke. Nach langem Klopfen öffnet mir ein verängstigter Bahnbeamter, und ich sage ihm, dass ich ins Soldatenheim wolle. Entgeistert sieht er mich an: ›Unmöglich nach so einem Bombenangriff!‹, aber treibt dann doch einen Sanka auf. Der Fahrer schimpft Mord und Brand darüber, dass er mitten in der Nacht durch die brennende Stadt fahren soll. Wir fahren los, an der lichterloh brennenden berühmten Kathedrale von Smolensk vorbei. Im Soldatenheim angekommen, erfahre ich von der Leiterin, dass sie keine Verwendung für mich hat. Sie wird mich nach Witebsk schicken. Ein LKW würde mich mitnehmen. Also, am nächsten Morgen Weiterfahrt mit dem Lastwagen. Im Führerhaus dicht gedrängt ein Feldwebel, der Fahrer und ich. Ich frage: ›Wie lange fahren wir denn nach Witebsk?‹ ›Na, was meinen Sie, Schwester?‹ ›Zwei Stunden‹, sage ich. Großes Gelächter. ›Zehn Stunden.‹«

Roberta dachte, zehn Stunden auf einem Lastwagen! Und sie hatte schon über den langen Flug nach Afrika gestöhnt, noch dazu in der Business-Class.

»Auf dem Weg zum Stützpunkt rechts und links zerschossene Fahrzeuge. Den Stützpunkt hat man aufgegeben. Hier anwesende Landser packen noch in höchster Eile ihre Habseligkeiten. Inzwischen haben sich auf der Straße achtzig Fahrzeuge eingefunden, die vorgeschriebene Anzahl, aus Sicherheitsgründen, weil wir von jetzt an durch Partisanengebiet, also dichte Wälder fahren. Die Straße hört auf, der Knüppeldamm beginnt. Auf dieser in den Wald geschlagenen Schneise, auf quer aneinandergelegten Bäumen, fahren wir nun noch von mittags bis abends zehn Uhr. In Witebsk angekommen, erfahre ich, dass ich auch hier nicht gebraucht werde. Ich müsse nach Potosk weiterfahren, dort soll ich die Stelle einer Leiterin übernehmen. Diesmal fahre ich mit dem Zug. An den offenen Fenstern stehen wieder die Posten. Gegen Abend kommen wir in Potosk an. Ich werde in das Soldatenheim gebracht. Die Stadt, durch die wir fahren, ist ebenfalls sehr zerstört. Auch das Soldatenheim ist bei dem Bombenangriff beschädigt worden und wird gerade repariert. Die Belegschaft unseres Heimes besteht aus drei Schwestern, einem Zahlmeister, zwei Ordonnanzen, sechs russischen Mädchen, einer Spülfrau und einem Kutscher. Wir befinden uns dicht hinter der Front. Der Geschützdonner wird schnell zu einem vertrauten Geräusch. Trotzdem, es ist für die verwundeten Soldaten nach dem Lazarett hier ein Paradies, werden sie doch hier aufgepäppelt und umsorgt. Wir müssen auch für die Verpflegung aus Gulaschkanonen für durchziehende Soldaten sorgen. Eine Menge Arbeit.«

Robertas Handy klingelte. Wölfchen wollte wissen, wie die Fahrt gewesen war. Auf ihrer Autobahn habe es einen schweren Unfall gegeben.

Roberta lachte. »Autobahn? Ich bin gerade zehn Stunden auf einem Lastwagen über einen Knüppeldamm geholpert. Ich lese nämlich in Tantchens Kriegsnotizen.«

»Na, dann viel Spaß«, sagte er und beendete das Gespräch.

Spaß!, dachte Roberta. Männer sagten oft etwas Gedankenloses, wenn sie das Thema nicht interessierte. Wie mussten sich wohl Tante Bärbels Eltern gesorgt haben, dass ihr Kind in solchen Gefahren steckte. Oder hatten sie es schicksalsergeben hingenommen?

»Ich muss mit einem LKW ins Depot fahren und Proviant holen. Das Depot liegt gut getarnt mitten im Wald. Dort angekommen, öffnet man mir erst nach mehrfachem Klopfen, und eine völlig verstörte Belegschaft berichtet mir, dass sie in der Nacht von den Partisanen überfallen worden wäre und dass es hier nur so von Partisanen wimmle. Wir decken uns mit Proviant ein und fahren zurück. Nicht umsonst ist es bei diesen Unternehmungen sehr beliebt, eine Schwester dabeizuhaben. Die Partisanen respektieren uns vom DRK. Eins der Mädchen ist krank geworden. Ich habe sie nach Hause geschickt. Sie hat hohes Fieber. Zwei Tage später besuche ich sie und bringe ihre eine Flasche Apfelsaft und Weißbrot mit. Maria hat mich als Dolmetscherin begleitet. Sie spricht perfekt Deutsch, fast akzentfrei. Als ich sie frage, woher sie so gut Deutsch könne, bekomme ich zur Antwort: ›In der Schule hat man uns gesagt, dass Russland eines Tages Deutschland erobern würde und wir deshalb Deutsch lernen müssten.‹ Der Weg zu Nina führt ein ganzes Stück durch den Wald, und ich frage Maria, ob mich hier womöglich die Partisanen schnappen. Sie lacht und sagt: ›Kein Partisan würde Sjestra Bärbel etwas tun, weil Sjestra Bärbel gut zu Russen ist.‹ Auf meine Frage: ›Woher weiß das der Partisan denn?‹ sagt sie: ›Partisan weiß alles.‹ Es stimmt, der Nachrichtendienst funktioniert erstaunlich. Ich habe mich oft gewundert, wie arg- und sorglos die Unsrigen in Gegenwart der bei ihnen arbeitenden Russen waren. Partisanen wirksam zu bekämpfen ist eine Unmöglichkeit bei diesen riesigen, undurchdringlichen Wäldern. Zwei Monate nach meinem Fortgehen ist Potosk wieder in russischer Hand.

Nina hat immer noch Fieber. Ich verbiete ihr, aufzustehen. Das Zimmer ist sauber und tiptop aufgeräumt. Als sie wiederkommt, bringt sie eine große Platte mit herrlichen Erdbeeren mit. Ihre Mutter arbeitet auf einer Erdbeerplantage, daher das Geschenk. Wir bekommen auch oft wunderbar große Waldhimbeeren, die am Tag zuvor von den Partisanen gepflückt und nachts über die Düna gebracht worden sind. Es muss nachts immer ein reger Verkehr hinüber und herüber herrschen.«

Tante Bärbel musste längere Zeit nicht zum Schreiben gekommen sein, denn ohne Übergang hieß es: »Es ist Herbst geworden. Die Nächte sind schon ganz schön kalt. Bald wird es Schnee geben. Wir haben jetzt mehr Zeit für kleinere Unternehmungen. Dazu gehört auch der Besuch eines russischen Krankenhauses, zu dem mich der Oberfeldarzt vom Lazarett mitnimmt. Das Krankenhaus ist in einem schrecklichen Zustand, und, wie uns später berichtet wird, sind nach unserem Besuch sämtliche russischen Schwestern zu den Partisanen übergelaufen.«

Roberta kam aus dem Staunen nicht heraus, je länger sie las. Da lud der kommandierende General anlässlich seines Geburtstages zu einem Essen ein, an dem auch hochdekorierte russische Offiziere teilnahmen, man konnte die Pferde überall hinstellen, ohne sie anzubinden, und die Fahrt zu einem neu eingerichteten Soldatenheim war hochgefährlich:

»Der Oberst und ich fahren mit einer Draisine. Es ist eine Art Himmelfahrtskommando. Stundenlang geht es wieder durch die Wälder, rechts und links der Gleise liegen aus den Schienen geworfene umgekippte Lokomotiven und Wagons, und wir können ebenso gut jeden Moment auf eine Mine fahren und in die Luft fliegen. Die Fahrt geht an einem Stützpunkt vorbei, der gerade von Partisanen überfallen wurde und völlig zerstört ist.«

Aber beinahe unfassbar fand Roberta die Geschichte eines Partisanen und eines deutschen Hauptmanns.

»In der Vorweihnachtszeit bekomme ich jetzt

häufig Besuch von einem Hauptmann, der auf einem Stützpunkt im Wald stationiert ist«, schrieb die Tante, »und der, wie er mir erzählt, sich mit dem Partisanenführer angefreundet hat, der ihn jetzt häufig zu einem abendlichen Plauderstündchen besucht. Aber jetzt in der Adventszeit hat ihm der Partisan mitgeteilt, er würde versetzt. An seine Stelle käme ein neuer Führer, der ja leider nicht wisse, was der Hauptmann für ein Mensch wäre. Er möchte ihn deshalb bitten, in der nächsten Zeit nicht im Wald herumzureiten. Das könne sehr gefährlich werden. Er würde aber seinem Nachfolger noch sagen, dass auch er ihm bald einen Besuch machen solle. Zur Erinnerung hat er dem Hauptmann einen kleinen holzgeschnitzten Hund als Talisman hinterlassen.

Der Hauptmann ist versetzt worden. Er hat mir den kleinen Hund geschenkt. Es kommt wieder mal alles anders, als man denkt. Ich werde Weihnachten nicht mehr in Russland sein.

Mein Hochzeitstermin liegt jetzt fest. Rolf hat seinen Heimaturlaub genehmigt bekommen. Ich beschließe, für uns alle, die russischen Mädchen eingeschlossen, einen Abschiedskaffee zu geben. Wir sind vierzehn Personen.

Plötzlich steht Maria auf und hält eine lange, wunderschöne Rede auf mich. Ich bin sehr gerührt. Dann singen sie für mich noch Stenka Rasin. Sie singen wunderschön. Ein Mädchensolo die hohe Stimme, dann der Kutscher Nikolai den tiefen Bass, schließlich alle gemeinsam. Mir kommen die Tränen. Der Bahnhofsvorsteher ruft an und sagt, dass nachts um zwölf ein Lazarettzug käme, mit dem könne ich fahren. Ich gehe auf mein Zimmer, um meine wenigen Sachen zu packen. Dann stehe ich noch einmal wie so oft abends an meinem Fenster und blicke in die Abenddämmerung, nehme Abschied von einem Zeitabschnitt meines Lebens, der reich war an Erkenntnissen und lieben Erinnerungen. Rechts leuchtet die goldene Kuppel der Kirche, in der ich einmal so wunderschöne Gesänge gehört habe. Unten fließt friedlich die Düna, und in der Ferne kommt wieder ein Flieger mit einem Segelschlepper mit Nachschub für die Partisanen in Sicht. Das Flugzeug entledigt sich seiner Fracht, fliegt zurück, und der Segelschlepper schwebt langsam und lautlos über die Wälder, tiefer und tiefer, bis er verschwunden ist. Doswidanja Russland.«

Das war die letzte Eintragung, und Roberta dachte, als sie das Heftchen in ihrer Reisetasche verstaute: Und vier Wochen später warst du bereits Witwe und bist es geblieben. Sie hätte sich wirklich mehr um Tante Bärbel kümmern müssen, vor allem in ihren letzten Lebensjahren in diesem mehr als schlichten Altersheim und dem winzigen Zimmer. Wie hatte Tantchen immer in erzieherischem Ton gesagt: »Was du nicht willst, dass man dir tu, das füg auch keinem andern zu.« Sie erinnerte sich wieder an die Fingerspiele, die ihr die Tante, an ihrem Bett sitzend, zeigte. »Das ist der Daumen, der schüttelt die Pflaumen« oder »Alle meine Fingerlein wollen einmal Tierlein sein. Und der Daumen ist das Schwein.« Sie sah sich noch einmal im Zimmer um. Bis auf wenige Möbel leergeräumt, spiegelte es nichts mehr von Tante Bärbels Persönlichkeit wider. Tantchen hätte wahrscheinlich dazu gesagt: »Ein Mensch ist in seinem Leben wie Gras, er blüht wie eine Blume auf dem Felde, und wenn der Wind darüber weht, so ist sie nimmer da« oder so ähnlich. Die Tante hatte es sehr mit Bibelsprüchen, und oft genug hatte Roberta zu hören bekommen: »Hilf dir selber, dann hilft dir Gott.« Und das hatte die Tante ja wirklich wacker getan. Eine merkwürdige Generation, die trotz Kriegsgeschrei und heroischem Gehabe dann doch unbekümmert Regeln brach, wenn sie es für nötig hielt. Wie Tante Bärbel schrieb, waren im Vorjahr an Heiligabend die Schwestern mit Christbäumchen in die Schützengräben gegangen, und man hatte mit den Russen eine Feuerpause verabredet. Und dann dieser Hauptmann und sein Freund, der Partisan, denen beiden für ihr leichtsinniges Verhalten die Todesstrafe drohte. Der Hauptmann war später gefallen. Und das alles so ganz ohne Pathos, wie nebenbei berichtet.

Wieder zu Hause, sprach sie darüber mit ihrem nur mäßig interessierten Wolfgang. »Wirklich merkwürdig«, pflichtete er ihr bei. »Denkst du bitte daran, dass wir die Tanne für Weihnachten rechtzeitig besorgen?« Roberta nickte und dachte: ›Nach all diesen Kriegserlebnissen wäre sicher auch für Tante Bärbel eine Therapie angebracht gewesen.‹ Heute saß ja schon ein Psychologe im Bus, wenn nur fast von einer Lawine gestreifte Skifahrer nach Haus fuhren.

Der Kreis der Trauernden bei der Beerdigung war nur klein, aber ihre würdige Schlichtheit hätte der Tante gefallen. Danach war es höchste Zeit, sich in die letzten Weihnachtsvorbereitungen zu stürzen. An erster Stelle stand natürlich die Wahl des Weihnachtsbaumes. Eine wichtige

Angelegenheit, die traditionsgemäß Wolfgang mit kindlichem Eifer übernahm. Dazu musste ihn Roberta in den Wald eines langjährigen Freundes begleiten, wo sie sich eine Tanne aussuchen und schlagen durften. Es war ein schöner Tag mit leichtem Frost und klarer Luft. Vergnügt stapften sie im Wald herum und sahen einem Eichhörnchen zu, das keckernd einen Baumstamm emporflitzte. »Was für eine herrliche Ruhe«, seufzte Wolfgang zufrieden und reckte sich. Roberta nickte, aber ihre Gedanken wanderten wieder zu Tante Bärbels Kriegsnotizen, ihrer Schilderung der Fahrten durch die dichten Wälder Russlands und wie schnell sich die Stille von einer Sekunde zur anderen in ein Inferno verwandeln konnte. Im selben Augenblick durchbrach ein Flugzeug die Schallmauer. Sie zuckte zusammen, und plötzlich bekam die Ruhe um sie her etwas Unheimliches, Bedrohliches.

Auch das Schmücken des Baumes und das Aufstellen der Krippenfiguren, deren Anordnung jedes Jahr dieselbe sein musste, brauchte Zeit. Der Hund mit der kriegerischen Vergangenheit bekam seinen Ehrenplatz zwischen der Krippe und den Heiligen Drei Königen. Wie vorausgesehen, bemerkte ihr Mann nichts. Im

Gegenteil, er nahm ihn liebevoll in die Hand und sagte verträumt: »Glaube mir, ich würde ihn unter hundert ähnlichen Figuren rausfinden.«

Roberta lachte. »Das glaube ich dir gern.«

Sie war erleichtert, dass dieses Problem sich so günstig gelöst hatte, und einen Augenblick dachte sie voller Dankbarkeit an den Partisanen.

Danach lief alles nach gewohntem Ritual. Die Schwiegereltern, trotz des häufig erwähnten sagenhaften Staus pünktlich wie immer, wurden mit den Worten begrüßt: »Schön, dass ihr da seid«, die Großeltern stellten mal wieder das rasante Wachstum der Enkelkinder fest, und es gab die üblichen mit gewissen Einschränkungen versehenen Lobesworte der Schwiegermutter über das Essen: »Köstlich, Roberta, wirklich köstlich, aber die Soße zu der roten Grütze hat wohl Vanille nie gesehen. Verzeih, wenn ich dir das so ehrlich sage«, ein Satz, den Roberta, schon bevor ihn die Schwiegermutter von sich gab, lautlos vor sich hinsprach. Die Schwiegereltern runzelten leicht die Stirn über die in ihren Augen allzu üppigen Geschenke der Paten für die Patenkinder und gedachten jener Jahre, als man sich noch gegenseitig mit 4711 und einem Fläschchen Asbach Uralt beglückte. Beim

Kaffeetrinken kam dann das Gespräch auf Bärbels Kriegstagebuch. Während der Schwiegervater, dessen Jahrgang gerade noch vom Schrecken des Krieges gestreift worden war, die Freundschaft zwischen einem deutschen Hauptmann und einem Partisanen für völlig ausgeschlossen hielt, war Robertas Schwager entgegengesetzter Meinung. So eine gewisse Kameraderie zwischen den Feinden habe es ja nach den neuesten Erkenntnissen häufiger gegeben. Vater und Sohn gerieten in eine hitzige Diskussion, der Roberta und Wolfgang mit Interesse folgten. »Köstlich, aber eine Spur zu süß«, sagte die Schwiegermutter und hielt ihr angebissenes Nusshörnchen hoch.

Um ihren Ärger zu verbergen, stand Roberta auf und stapelte die großen schaumgepolsterten Kartons, in denen die teuren Patengeschenke verpackt waren, aufeinander. In einem regte sich etwas. Sie entdeckte ihr Lockenköpfchen, das Himmelsgeschöpf. Er hatte es sich in einem der Kartons für ein Nickerchen bequem gemacht, schenkte ihr ein sonniges Lächeln, sagte: »Halt die Klappe«, steckte den Daumen in den Mund und schlief weiter.

»Ich finde«, sagte der Schwiegervater, »wir sollten ein Gläschen auf deine verstorbene

Großtante trinken. Sie muss wirklich eine großartige Person gewesen sein.«

Und das taten sie auch. Aber Zeit für ein wenig Besinnlichkeit blieb nicht, denn das Telefon klingelte. Robertas Mutter war am Apparat, und eine Weile war nichts anderes zu hören als: »Ja, Mama, nein, Mama, ja, Mama.« Dann kam einer der Jungen mit dem Partisanenhund angetrabt und verlangte von seinem Vater eine neue Geschichte vom Uropi und dem russischen Hund aus der Kriegsgefangenschaft.

Der Liebesdienst

Weihnachten rückte näher und damit das Gasthaus »Zur hüpfenden Dohle« in der Lüneburger Heide, wo wir traditionsgemäß das Fest der Liebe, wie Tante Hannelore und Onkel Paul es zu bezeichnen pflegten, feierten. Mit zunehmenden Jahren begannen wir dagegen zu meutern, aber Onkel Paul war ein Kriegskamerad von Vater, und somit waren seine Wünsche heilig. Das Ehepaar hatte uns drei Kinder ins Herz geschlossen und verfolgte unseren Lebensweg mit Hingabe, begleitet allerdings von vielen Ermahnungen und, wie wir später fanden, eher einfallslosen Geschenken, denn selbstgestrickte Wollhandschuhe und Söckchen waren mit dem Beginn besserer Zeiten nicht mehr unser höchstes Glück, wie die in den ersten Nachkriegsjahren mollig geheizten Zimmer, die Sahnetorten und Schweinebraten. Immerhin liebten wir aber nach wie vor den recht betagten Wallach Rolli, der durchaus noch in der Lage war, uns in einem kleinen Wagen oder Schlitten durch die Gegend zu ziehen, und lachten uns scheckig über den Papagei, ein Überbleibsel ehemaliger Evakuierter, dessen einziger Wortschatz aus dem Satz: »Nur geringer Sachschaden« bestand und einem »Heil, heil, heil!«. Wir klimperten begeistert und ohrenbetäubend auf dem verstimmten Klavier herum und bestaunten den reich mit Lametta geschmückten Weihnachtsbaum.

Inzwischen jedoch hatte auch uns das Wirtschaftswunder erreicht. Wir besaßen, dank finanzieller Hilfe von Opa Gabelstein, ein klitzekleines Reihenhaus mit handtuchgroßem Garten, Hollywoodschaukel und schmiedeeisernem Dackel als Fußabtreter vor der Haustür. Es war also wirklich nicht einzusehen, warum wir Weihnachten woanders verbringen sollten. Außerdem verlor die »Hüpfende Dohle« für uns mehr und mehr an Attraktion. Wir hatten keine Lust mehr, die Abende mit dem Gesang von Weihnachtsliedern oder Gesellschaftsspielen wie »Mensch-ärgere-dich-nicht« oder »Fang den Hut« zu verbringen, wenn wir doch zu Hause schön gemütlich vor dem Fernseher, unserer neuesten Errungenschaft, sitzen konnten. Auch die Geschenke entsprachen immer weniger unserem Geschmack. Selbst Vater grinste, als für mich unter dem Weihnachtsbaum nicht die gewünschte Elvis-Presley-Platte lag, sondern »Schlaf ein, mein Prinzchen, schlaf ein«.

»Immerhin Erna Berger«, sagte Mutter tröstend.

Rolli war inzwischen eingeschläfert worden, und der Papagei hatte, wie Vater sich ausdrückte, einen Unfall mit Todesfolge gehabt. Er war Tante Hannelore beim Säubern des Käfigs entwischt und hatte sich auf den Gewichten der Kuckucksuhr niedergelassen. Der damit unfreiwillig in Gang gesetzte Kuckuck hatte ihn so erschreckt, dass er unter »Heil!-Heil!-Heil!«-Gekrächze aus dem Fenster flog und nicht mehr zurückkam. Ein paar Tage später fand ihn Tante Hannelore steifgefroren in der leeren Regentonne.

Hartnäckig sträubte meine Schwester sich, weiterhin an den Feiertagen das brave Haustöchterchen für Tante Hannelore und Onkel Paul zu spielen, der Tante in der Küche zur Hand zu gehen und sich Sprüche anzuhören wie »Bei den Männern geht die Liebe durch den Magen«. Mich selbst, den jüngeren Bruder, hatte inzwischen der Zeitgeist fest im Griff. Das Singen von Weihnachtsliedern fand ich peinlich. Ich grölte lieber »All you need is love« und brachte Little-Sheldon-Witze nach Haus: »Mama, ich will nicht nach Amerika!« – »Sei ruhig und schwimm weiter.« Ebenso verspürte ich wenig Lust, mich dauernd von Onkel Paul mit einem Augenzwinkern fragen zu lassen: »Na, Rudi, wie sieht's denn so aus mit den kleinen Mädchen?« Also nölte ich herum, ich würde viel lieber mit meinem Freund und dessen Eltern ins Gebirge fahren. Vater sah mich an, als verlangte ich von ihm, mir einen Flug erster Klasse nach Amerika zu spendieren.

»Hör dir das an, Röschen«, sagte er, »und das, wo sich Paul und Hannelore für unsere Kinder umbringen.«

»Na ja«, sagte Mutter besänftigend. »Er wird sich ja wohl noch was wünschen können.«

»Kann er«, sagte Vater, »aber gefahren wird in die Lüneburger Heide.«

Die letzten Jahre war Mutter noch halbwegs bereit gewesen, Weihnachten in der »Hüpfenden Dohle« zu verbringen, denn Onkel Paul und Tante Hannelore hatten weder Verwandtschaft noch Kinder, und wir waren ihre ausgesprochenen Lieblinge. Man musste schließlich früh genug an die Zukunft der Kinder denken.

Das Weihnachtsfest wurde aber dann ganz erträglich, zumal unsere Lieblingstante Lilo auch mitgekommen war, die, wie ich fand, ordentlich Leben in die Bude brachte. Unterstützt wurde sie dabei von einem Zufallsgast, einem wohlsituierten Herrn, der, mit einem ehrwürdigem Bart behaftet, ein bisschen wie Knecht Ruprecht aussah und dessen milde Gaben in Form von Champagner und anderen köstlichen Getränken mit Freude aufgenommen wurden. Nur meine kleine Schwester flüsterte mir plötzlich aufgeregt zu: »Der Weihnachtsmann hat Tante Lilo eins auf den Po gegeben!«

Nach dem Fest verschwand die Tante plötzlich von der Bildfläche und ließ sich auch nicht mehr blicken. Mutter bedrängte Vater in Abständen immer wieder aufs Neue, sich um die Vermisste zu kümmern. »Wofür bist du schließlich in diesem Verein!«

»Verein?« Vater reagierte gekränkt. »Erlaube mal!«

Er war nämlich Polizeihauptmeister und Leiter eines Reviers. In unserer Gegend hieß er nur der »Sheriff«. Dabei war er nicht gerade ein John-Wayne-Typ, sondern von eher zierlicher Statur und einen Kopf kleiner als meine Mutter. Ich war mächtig stolz auf ihn, was allerdings manchmal etwas angekratzt wurde, wenn Mitschüler herablassend sagten: »Dein Vater ist Bulle? Dich hat das Schicksal ja schwer geschlagen.«

Dafür konnte ich bei unseren Nachbarn umso mehr mit ihm angeben. Er hatte schon Theodor Heuss und Adenauer mit einer Eskorte durch die Stadt begleitet und als Verkehrspolizist auf einer der schwierigsten Kreuzungen den Verkehr so gekonnt geregelt, dass ihn die Autofahrer wohlwollend ihren Karajan vom Dienst nannten, weil er seinen Stab so elegant wirbeln ließ. Ja, er hatte sich sogar mal ein Feuergefecht mit einem Bankräuber geliefert. Banküberfälle waren damals noch eher die Ausnahme, und was heute mit drei, vier Zeilen in den Zeitungen abgetan wird, stand auf der ersten Seite. Seitdem bezog die Familie alle Ereignisse auf diese Heldentat: »Es muss kurz vor der Sache mit dem Überfall gewesen sein« oder »Das war genau eine Woche nach dem Banküberfall«. Und dann war da natürlich seine Verwundung, die Vater nur einen kleinen Kratzer nannte, die ihn nach Mutters Aussage aber fast den Arm gekostet hätte. Mutter gegenüber nannten ihn die Nachbarinnen einen schmucken Mann, in der Hoffnung, dass sich das strenge Auge des Gesetzeshüters, wenn überhaupt, mit gütiger Milde auf seinen persönlichen Umkreis richtete und großzügig übersah, wenn man seinen Müll nachts am Straßenrand entsorgte oder ein Feuerchen in seinem Garten machte. Er war meist ruhig und besonnen, lebte nach dem Motto: »Wer mich kränken kann, bestimme immer noch ich« und verstand es, nach dem Grundsatz: »Wenn über eine alte Sache endlich Gras gewachsen ist, kommt sicher ein Kamel gelaufen, das alles wieder runterfrisst«, salomonische Urteile zu fällen. Gelegentlich plauderte er zu Hause ein bisschen aus dem Nähkästchen und sagte kopfschüttelnd: »Woher soll ich wissen, warum die Oma dem Opa die Pfanne auf den Kopf gehauen hat oder der sonst so friedliche Hund plötzlich auf die Hausfrau losgegangen ist?«

»Du sagst es«, sagte Mutter, als wir gerade gemütlich beim Sonntagsfrühstück saßen. »Warum müssen wir dieses Jahr nun doch wieder Weihnachten in die Lüneburger Heide fahren?«

»Können wir das nicht nach dem Frühstück diskutieren?«, sagte Vater unbehaglich, in der Vorahnung, dass sich etwas Unangenehmes zusammenbraute.

Unsere Mutter war das Gegenteil von ihm. Sie war ein Temperamentsbolzen, der mit den Türen knallte, wenn ihm etwas nicht passte, und dessen Stimme uns Kinder noch in einem

Kilometer Entfernung festnagelte. Ihr Vater, Inhaber der Spedition Gabelstein – »Zieh aus, zieh ein mit Gabelstein« –, der überall, wo er gute Geschäfte witterte, dabei war, hatte sich zuerst nicht entzückt von der Wahl seiner einzigen Tochter gezeigt.

»Was willst du denn mit diesem Gesetzeshüter?«, hatte er abfällig gefragt, und sein Röschen hatte keck geantwortet: »Papi, ich brauch was Reelles.«

Da hatte er nur gegrinst und gemeint: »Damit kommst du im Leben nicht weit.« Denn Gabelstein war in der Stadt zwar eine geschätzte, aber auch als etwas zwielichtig bekannte Person, die, wie man sich hinter vorgehaltener Hand zumurmelte, nicht immer nach den Prinzipien eines ehrenwerten Geschäftsmannes handelte. Nur mit der Tugend meiner Mutter nahm er es sehr genau und passte auf, dass ihr Ruf als sittsames, braves Töchterchen keinen Schaden nahm. Das war er schließlich seiner verstorbenen, so sehr geliebten, wenn auch von ihm nicht gerade mit ehelicher Treue verwöhnten Frau schuldig. Deshalb war er im Grunde seines Herzens mit diesem korrekten, ernsthaften jungen Mann, der ihn so altmodisch und förmlich um die Hand seiner Tochter bat, ihm seine Finanzen darlegte und auch ein kleines Erbe von einer Tante als eiserne Reserve in Aussicht stellte, einverstanden. Denn sein Röschen war trotz aller eingebimster Tugendhaftigkeit nicht nur keck mit dem Mundwerk. Sie liebte Baby-Doll-Nachthemden, Hautenges mit tiefem Ausschnitt und Stöckelschuhe. Außerdem hatte sie den Hang zum Höheren, schließlich hatte sie das Lyzeum besucht, las gern die Gesellschaftsspalten, hielt sich ein Theaterabonnement und überredete Vater zu einem Tanzkurs in einer renommierten Tanzschule. Ihr Karajan zeigte sich sehr talentiert in dieser Richtung. Sie nahmen sogar an einer Meisterschaft teil und brachten es mit den rasanten Figuren eines Tangos bis zum dritten Platz.

Leider hatte sie die Angewohnheit, ständig etwas zurechtzurücken, zurechtzuschieben oder an etwas herumzuputzen, mit der sie auch uns nicht verschonte. Es gab für sie immer einen Grund: Mal saß der Kragen nicht richtig, mal war die Jacke staubig, mal musste an einem Fleck herumgekratzt werden, was bei uns starke Proteste hervorrief, vor allem, wenn das Gezupfe im Beisein unserer Schulfreunde stattfand.

Mutters Vorstoß in Richtung Weihnachtsfest

versandete glücklicherweise ganz plötzlich, weil meine jüngste Schwester sich mal wieder mit dem Thema Aufklärung wichtig tat, das zu ihrem Kummer bis jetzt noch den zwei Jahre Älteren in der Schule vorbehalten war. Die gaben ihr Wissen aber gern an die Jüngeren weiter, was im Kopf der Kleinen ein ziemliches Kuddelmuddel anrichtete. Wir lachten uns halb kaputt, aber Vater hieb mit der Faust auf den Tisch und rief, von so einem Schweinkram wollte er in seinem Haus nichts hören. Es gab ein Riesentheater, wobei das angeschnittene Thema jedoch zum Glück in Vergessenheit geriet.

Erst im November kam es wieder zur Sprache, und es war Vater, der davon anfing. »Na«, fragte er gutgestimmt, »was wünscht sich denn mein Röschen zu Weihnachten?«

»Einen Persianer«, sagte Mutter, als handle es sich um einen Kochtopf.

»Ich werde mal mit dem Weihnachtsmann …« Vater stockte. »Einen Persianer?«

»So ist es, ein vernünftiger Pelzmantel gehört heute schon in jeden Kleiderschrank. Das wäre der eine Wunsch. Und der andere: Ich will auf keinen Fall den Heiligabend bei Hannelore und Paul verbringen.«

Vater war so geschockt, dass er schweigend

aufstand und sich erst mal ein Bier holte. Dann fragte er: »Ist das dein Ernst?«

Mutter nickte. »Mein voller.«

Er bekam seine amtliche Stimme, mit der er aufmüpfige Bürger zur Räson brachte. »Einen Pelz? Ich bin doch nicht Krupp von Bohlen.«

»Entschuldige«, sagte Mutter mit eisiger Freundlichkeit. »Du hast mich etwas gefragt, und ich habe dir eine Antwort gegeben. Hat etwas mit deiner bevorstehenden Beförderung nicht geklappt?«

»Unsinn«, sagte Vater ärgerlich. »Beförderung hin, Beförderung her, der Kredit fürs Haus, die Musiktruhe, die Sitzecke – ich kann mir das Geld nicht aus den Rippen schneiden. Was Hannelore und Paul angeht, da hast du in gewisser Weise recht. Aber Paul ist schließlich mein Kriegskamerad, und ich habe es ihnen für dieses Jahr noch einmal fest versprochen.«

»Kriegskamerad«, sagte Mutter, »müsste man bei dir sein. Was ist dagegen schon eine Ehefrau. Und wie schön, dass du immer gleich für uns die Entscheidungen triffst. Das macht das Leben so leicht. Wofür haben wir dein Geerbtes? Davon könnten wir uns doch nun wirklich mal eine Reise gönnen.«

»An unseren Notgroschen gehe ich nicht

ran!«, rief Vater. »Es können auch mal schlechte Zeiten kommen.«

»Die schlechten Zeiten sind ja nun vorbei«, sagte Mutter. »Ich will jetzt was vom Leben haben. Aber wenn du nicht willst, bitte. Dann suche ich mir eben einen Job. Ein Angebot habe ich schon lange. Das Hotel Admiral würde mich gern als Urlaubsvertretung haben.«

»Meine Frau putzt nicht anderen Leuten den Dreck weg.« Vater wurde ganz fuchtig. »Und dazu noch in dieser Absteige.«

»Deine Absteige ist ein Vier-Sterne-Hotel, und sie wollen mich für den Empfang. Aber bitte, wie du meinst.«

Einen Augenblick herrschte Schweigen. Vaters Blick wurde unruhig, und da ging es auch schon los. Mutter bekam ihren Rappel, wie er es nannte. Unter dem Anschein besorgter Mütterlichkeit mischte sie uns so richtig auf.

»Na, mein Großer«, sagte sie und strich mir gütig über das Haar, »hier wird ja wohl mal wieder der Gang zum Friseur fällig.«

Entrüstet entzog ich mich ihrer liebenden Hand. »Kommt nicht infrage!«, rief ich. »Alle in der Klasse tragen das Haar schon viel länger.«

»Alle?«, sagte Mutter. »Du bist nicht jeder, und du bist nicht alle.«

Vater nahm mich in Schutz: »So lass ihn doch in Ruh. Solange er noch gucken kann, ist es ja in Ordnung.« Er hatte sich das Kreuzworträtsel aus der Rundfunkzeitung geschnappt und fragte, um sie abzulenken: »Du kennst dich doch in Geschichte so gut aus. Griechischer Gott mit vier Buchstaben.«

Der Versuch misslang. Noch war sie nicht mit mir fertig. »Was hältst du davon, wenn wir den Jungen mal zum HNO-Arzt schicken?«

Vater kuckte verwirrt. »Wozu das denn?«

»Er hat sicher Polypen. Ist dir das denn noch nicht aufgefallen, dass er immer mit offenem Mund dasitzt? So ein hübscher Junge, und immer mit so offenem Mund.«

Meine ältere Schwester kicherte. Aber nun war sie dran.

»Du wirst mal eine richtige Schönheit.« Meine Schwester lächelte geschmeichelt, allerdings nur kurz. »Zu dumm«, fuhr Mutter fort, »dass du die abstehenden Ohren von deinem Opa geerbt hast. Vielleicht lässt sich ja da noch was machen.«

Zum Abschluss kam unser Küken an die Reihe, das, wie wir alle wohlwollend fanden, bereits sehr hübsch »Ich will 'nen Cowboy als Mann« trällerte. Aber Mutter behauptete erbarmungslos, sie nuschele, geradezu fürchterlich, und ließ sie einzelne Sätze so lange nachsprechen, bis die Kleine zu schluchzen anfing und sich auf Vaters Schoß rettete.

Als sie uns alle so weit hatte, dass wir sie am liebsten aus dem Fenster geworfen hätten, machte sich Mutter trällernd auf den Weg in die Küche, um uns ein köstliches Mahl zu bereiten, nach dem wir ihr, wie üblich, alle wieder aus der Hand fressen würden. Doch ehe sie dort angekommen war, klingelte es an der Tür, und es erschien jemand, mit dem wir am wenigsten gerechnet hatten: Lilo Lattenkamp.

»Tante Lilo!«, riefen wir Kinder beglückt, und dies nicht nur in Erwartung ihrer stets großzügigen Geschenke, sondern auch, weil sie immer gutaufgelegt war, alles mitmachte und wir uns seltsamerweise in ihrer Gegenwart weniger zankten.

»Na so was«, sagte Vater verblüfft, als er sie an der Haustür begrüßte, und Mutter fragte verdattert: »Wo kommst du denn her?«

»Na, bestimmt nicht aus dem Jenseits«, sagte Lilo lachend und sorgte im Handumdrehen für fröhliche Stimmung. Sie sah blendend aus und machte sich sogleich daran, uns allen einen herzhaften Kuss zu geben, den auch ich, sonst ein entschiedener Gegner von Küssen, als sehr angenehm empfand.

»Entschuldige«, murmelte Vater, »ich glaub, ich muss mich erst mal rasieren.«

»Du glaubst«, sagte Mutter und, zu Lilo gewandt: »Wie schön. Jetzt, wo wir Besuch bekommen, merkt er erst, was für ein Stachelschwein er ist. Für seine Frau ist eine Rasur natürlich überflüssig.«

Wir zogen die Köpfe ein, und Vater reagierte wie immer auf diese Art Angriffe mit Schweigen und verließ das Zimmer. Mutters »Trag mir erst noch den Mülleimer runter« überhörte er. Mutter bekam ihren tragischen Keiner-versteht-mich-Blick.

»Ach, Röschen«, sagte Lilo mitfühlend. »Nimm's doch nicht so tragisch. Männer sind eben so.«

»Nicht alle«, sagte Mutter.

Als Vater zurückkam, saßen wir bereits am Mittagstisch, und wir nahmen erleichtert zur Kenntnis, dass Mutters Stimme mehr frotzelnd als grimmig klang, als sie ihn kritisch musterte und meinte: »Sogar das Hemd gewechselt, der Herr Polizeihauptmeister.« Und wir Kinder fanden wie unsere Nachbarn, dass wir einen sehr schmucken Vater hatten.

Das Mittagessen war wirklich *à la bonheur*, wie Opa Gabelstein gesagt hätte, und Mutter und Tante Lilo ergingen sich in Erinnerungen, die von Vater schmunzelnd kommentiert wurden. Die beiden Frauen hatten sich nämlich an einem sehr ungewöhnlichen Ort kennengelernt, als Patientinnen im Zweibettzimmer eines Krankenhauses, für Mutter ein großer Glücksfall, denn als Patientin, der nur die Dritte Klasse zustand, konnte man ebenso gut in einem Saal landen. Nach Mutters Operation hatte sich Lilo rührend um sie gekümmert und sich als sehr hilfreich erwiesen. Damals war selbst der kleinste Eingriff kein Zuckerschlecken, jede Vene rollte vor Schreck zur Seite, sobald sich ihr die Spritze näherte, denn die Kanüle hatte etwa den zehnfachen Durchmesser einer Stopfnadel und hinterließ kraterhafte Löcher. Infusionen, um dem geschundenen Patienten Flüssigkeit zuzuführen, gab es noch nicht, und er durfte sich höchstens einmal an einem feuchten Waschlappen erquicken. Auch mit Medikamenten, die den Schmerz lindern, ging man äußerst sparsam um. Es war Lilo gewesen, die Mutters Durst teelöffelweise mit abgekochtem Wasser, das sie der Nachtschwester abgeschwatzt hatte, zu lindern versuchte und sogar den Oberarzt, der meiner jammernden Mutter nur ungerührt die Hand tätschelte und sagte: »Es geht alles vorüber, es geht alles vorbei«, zur Räson brachte. Jedenfalls zuckte er bei Lilos heller, tadelnder Stimme zusammen, als schien sie ihn an etwas zu erinnern, fauchte die ihn begleitende Schwester an: »Nun geben Sie der Patientin schon was«, und sagte dann halblaut, zu Lilo gewandt: »Sind wir uns schon einmal begegnet?«

»Das will ich wohl meinen«, sagte Lilo trocken. »Ich liege ja schon seit vierzehn Tagen hier.«

»Natürlich«, sagte der Arzt sichtlich erleichtert.

Wir selbst hatten von dieser interessanten Frau während unserer Besuche kaum etwas zu sehen bekommen, denn sobald wir auftauchten, zog sie sich taktvoll auf den Flur zurück. »Ich lad sie mal ein«, sagte Mutter, »damit ihr sie kennenlernt.«

Wir nickten mit freundlichem Desinteresse und waren wenig begeistert, als sie es wirklich tat. Sie präsentierte uns ihre neue Freundin ausgerechnet an einem Sonnabend, an dem wir allesamt etwas in unseren Augen sehr Wichtiges vorhatten. Aber in solchen Dingen kannte Mutter kein Erbarmen. Wir mussten unsere Verabredungen absagen, was wir schließlich unter viel Gezerre mürrisch taten. So war die Stimmung ziemlich verhalten.

Besonders mein Vater wirkte grämlich. Der Freitag war für ihn ein schlimmer Tag gewesen. Zuerst war ihm der Fahrer eines Lastwagens, der den Bürgersteig schon länger als zehn Minuten blockierte und damit fünf Mütter samt Kinderwagen in Rage brachte, dumm gekommen. Dann hatte ihm ein Autofahrer gedroht, er würde schon sehen, was er von einer Anzeige habe, er sei mit dem Polizeipräsidenten verwandt. Und am Ende des Tages wurde er zu einem schweren Unfall geholt. Er hatte also für diesen Sonnabendnachmittag nur noch einen Wunsch: die Sportzeitung, ein kühles Bier und mit der Lütten auf dem Schoss vor den Fernseher. Stattdessen musste er sich für diesen Besuch auch noch umziehen. »Wann kommt denn eigentlich diese Latte?«, rief er aus dem Schlafzimmer.

»Sie ist schon da«, antwortete Mutter, und als er ins Wohnzimmer trat, präsentierte sie ihm ihre neue Freundin so stolz, als sei sie ein vermisstes Familienmitglied. Normalerweise war Mutter mit Frauenfreundschaften eher zurückhaltend und ihr Vertrauen zum eigenen Geschlecht nicht sehr groß. Ganz anders bei Lilo Lattenkamp, was unser Vater verwundert zur Kenntnis genommen hatte. Erst kuckte er ganz erleichtert, weil er sich unter der »Latte« wohl etwas sehr Anspruchsvolles vorgestellt hatte und nun merkte, dass sie so normal aussah, wie man eben aussieht, und sich auch so benahm. Vater hatte es gern, wenn er als Gastgeber nicht überfordert wurde. Also gab er sich ganz leger, doch da hatte er die Rechnung ohne sein Röschen gemacht, die sich scharf räusperte, als er gedankenlos, während sie den Kaffee einschenkte, nach dem Sportteil der Zeitung griff. Mutter führte dann, wie gewohnt, das große Wort, während seine Gedanken anscheinend schon wieder bei dem entsetzlichen Unfall waren, denn er machte sein uns Kindern wohlbekanntes melancholisches Gesicht, während Mutter trotz unserer flehenden Blicke sich einem ihrer Lieblingsthemen zuwandte: Ich und meine Familie. Wie alle Mütter war sie der festen Überzeugung, dass jedermann brennendes Interesse für ihren Nachwuchs habe, und so legte sie nach dem Eingangssatz: »Ich will dich wirklich nicht mit Kindergeschichten langweilen, liebe Lilo, aber eins muss ich dir unbedingt erzählen …«, mal wieder so richtig los. Sie begann, ihre wunderbaren, einmaligen, intelligenten, zauberhaften Kinder anzupreisen. Dann war Vater dran, ein Held schlechthin und schwerverwundet. »Ein Kratzer«, sagte Vater mechanisch, und ich sah, dass ihn unser Gast mitfühlend beobachtete. Als Mutter mit ihrem Lob fertig war, wandte Lilo sich an Vater. Wir staunten nicht schlecht, als er anfing, dieser wildfremden Person nicht nur von seinem Beruf zu erzählen, sondern auch, dass ihm ein Unfall wie der gestrige noch tagelang nachging.

Trotzdem fand Mutters Frage, nachdem der Gast gegangen war: »Wie gefällt sie dir?«, nur ein gedämpftes Echo.

»Ich weiß nicht recht«, sagte Vater, »so halb und halb. Charme hat sie ja.«

»Auf jeden Fall stammt sie aus einer guten Familie«, sagte Mutter.

»Ach, wirklich?«, fragte Vater erstaunt. »Woran merkt man das denn?«

»An dem ganzen Auftreten«, sagte Mutter. »Und ihre guten Manieren! Schon allein, wie sie die Kaffeetasse hält. Nicht so klammrig mit beiden Händen wie du, wo man jedes Mal denkt, du müsstest erst deine Finger auftauen.«

»Sehr gut beobachtet«, sagte unser Vater schmunzelnd, »wahrscheinlich noch eine Angewohnheit aus der Kriegsgefangenschaft. Kann es sein, dass ich deiner neuen Freundin schon mal irgendwo begegnet bin?«

»Du hättest nur mal ihren Bruder sehen sollen«, fuhr Mutter fort, wie gewöhnlich ohne auf seine Worte zu achten. »Ein Gentleman vom Scheitel bis zur Sohle. Wirklich beeindruckend, der junge Mann. Die ganze Zeit ging es nur: Lilo hier und Lilo da. Er muss sehr an ihr hängen. Jedenfalls hat er, wenn er sich verabschiedete, immer wieder gesagt: ›Sieh zu, dass du bald wieder auf dem Damm bist. Du weißt ja, wie wir dich brauchen.‹ Wirklich rührend, findest du nicht? Und dann war da noch eine Verwandte, eine richtig Respekt einflößende Dame, vielleicht etwas herb. Die hat übrigens der Chefarzt, wenn er ihr auf dem Flur begegnete, mit einer tiefen Verbeugung begrüßt. Über uns Gewürm hat er natürlich nur abwesend hinweggesehen.«

Wir Kinder scharrten ungeduldig mit den Hufen. »Können wir endlich gehen?«

»Meinetwegen.« Mutter ließ uns gnädig laufen.

Schneller als Mutter gedacht hatte, wurde Lilo bei uns heimisch. Sie fand rasch den richtigen Zugang zu uns und avancierte zur Nenntante. Auch entpuppte sie sich als eine Verwandlungskünstlerin par excellence, mal brav, sanftmütig, bescheiden und unauffällig durchs Leben trottend und Minuten später uns durch Schlagfertigkeit und sicheres Auftreten verblüffend. Das Gleiche galt für ihre Garderobe. Mal hüllte sie sich sozusagen in Sack und Asche, ungeschminkt, das Haar streng zurückgestrichen, dann wieder war sie die Eleganz in Person, aber nicht übertrieben und mit viel Geschmack. Mit dieser Tante, so fanden wir Kinder und gab sogar Vater zu, konnte man sich überall sehen lassen. Darüber hinaus wurde sie für ihn ein guter Kumpel, der sich seine Probleme mit großem Verständnis anhörte und, im Gegensatz zu Mutter, nicht mit einem zerstreuten: »Furchtbar, furchtbar, aber wir müssen uns jetzt wirklich beeilen, sonst kommen wir zu spät ins Kino«, abwimmelte.

Mutter war über das Echo, das Lilo in unserer Familie fand, glücklich, zumal sie sich auch noch für alle Familiendramen interessierte, egal, ob es sich um eine verhauene Klassenarbeit, einen entwischten Einbrecher oder Mutters Klagen über die wieder einmal von Vater ausgehöhlte Leberwurst handelte. Anfangs hatte Mutter versucht, der neuen Freundin ein wenig auf den Zahn zu fühlen. Aber weit war sie damit nicht gekommen. »Ich glaube, sie arbeitet freiberuflich für Werbeagenturen und macht sozusagen den Bärenführer in Firmen für auswärtigen Geschäftsbesuch. Zudem ist sie wahrscheinlich von Haus aus recht gut betucht.«

Das musste sie wohl sein, denn Tante Lilo ließ sich oft für Wochen nicht blicken und schien auf Reisen zu sein. Denn wenn sie dann plötzlich wieder auftauchte, brachte sie uns tolle Geschenke aus aller Herren Länder mit.

Aber hin und wieder verzichtete sie auf die große Welt und fuhr mit uns in die Ferien. Was immer an Unannehmlichkeiten dort passierte, Lilo verstand es, sie im Handumdrehen auszubügeln. Unsere Mutter wollte nun endlich, wie ihre Nachbarn, *la dolce vita* kennenlernen. Leider entsprach das über ein Reisebüro gebuchte Hotel keineswegs ihren romantischen Vorstellungen von der Schönheit südlicher Landschaft. Statt aufs Meer und wiegende Palmen starrten wir aus unseren Zimmern auf eine Müllhalde. Und man wusste nicht, wer mehr Angst hatte, die Kakerlaken vor uns oder wir vor ihnen.

»Dieses Land sieht mich nicht wieder!«, rief Vater wütend nach einem sehr unergiebigen, ständig von Vaters Vokabelsuche im Wörterbuch unterbrochenen Dialog mit dem ziemlich flegelhaften jungen Hotelier. Das änderte sich schlagartig, als Lilo die Zügel in die Hand nahm und zu unserem ehrfürchtigen Erstaunen in fließendem Italienisch ihre mit Händen und Füßen unterstrichene Suada auf den jungen Mann losließ, der sie fasziniert anstarrte. In Windeseile wurden wir in ein Pendant umquartiert, das allen unseren Erwartungen entsprach. Dafür hatte Lilo ihm allerdings eine kleine Spritztour in seinem Cabriolet versprochen. Als sie um Mitternacht immer noch nicht zurück war, wurde unser Gesetzeshüter unruhig.

»Vielleicht hatten sie ja einen Unfall, Röschen, oder es ist sonst was passiert. Schließlich hat man doch die Verantwortung.«

Mutter lachte. »Aber doch wohl nicht für eine erwachsene Frau.« Sie tat einen tiefen Seufzer und zitierte verträumt: »Kennst du das Land, wo die Zitronen blühn?«

Bald darauf kam Tante Lilo quietschvergnügt wieder zurück. Danach war jeder Einzelne von uns im Hotel Persona grata, und Vater vergaß seine Drohung.

Unser zweiter gemeinsamer Urlaub ging an die Nordsee, und ich muss sagen, wir waren heilfroh, dass Tante Lilo mitkam. Beim letzten Mal hatte es fast jeden Tag in Strömen geregnet, und wir mussten uns in der Lesehalle und in der Pension herumlangweilen. Nur Vater war glücklich. Ihm hatte es vor allem das Watt angetan. Er durchforschte es bei Wind und Wetter, anstatt mit uns ein Schiff zu besichtigen oder nach Helgoland zu fahren.

Doch diesmal hatten wir Glück. Die Sonne schien unverdrossen, und Strandleben war angesagt. Hin und wieder begleiteten wir Vater auch ins Watt. Tante Lilo allerdings weigerte sich und sagte, sie habe keine Lust, sich ihre Fußsohlen von Muscheln zerschneiden zu lassen und auf Würmer zu treten. Mutter stimmte ihr zu, und beide zogen es vor, sich von der Sonne grillen zu lassen oder zum Kurkonzert zu gehen. Es waren also recht friedliche Tage, bis die Sache mit Vaters Lieblingsschuhen passierte. Sie stammten noch aus der Zeit vor der Währungsreform und waren ein Geschenk von Onkel Paul, der sie für Vater auf dem Schwarzmarkt erworben hatte. Es waren grauenvolle beige Treter mit einer dicken Specksohle, die quietschende Geräusche von sich gab. Vater weigerte sich standhaft, sie auszusortieren, und sobald er vom Dienst kam, zog er sie an, obwohl sie, wie wir fanden, längst reif für die Mülltonne waren. Ausgerechnet die gingen am Nordseestrand verloren. Vater, der mal wieder Priele durchforschte wie Kolumbus die Weltmeere, kam plötzlich barfuß in die Pension gestürzt, wo wir es uns mit von Tante Lilo spendiertem Eis und Kuchen so richtig gemütlich gemacht hatten, und rief: »Meine Schuhe! Meine Schuhe sind weg! Ich kann sie nicht mehr finden!«

»Die von Onkel Paul?«, fragte Mutter.

Vater nickte.

»Wie schön!«, rief sie beglückt.

Vater warf ihr einen finsteren Blick zu, während wir aufsprangen und zum Strand eilten. Lilo schaffte es sofort, ein paar Herren mobil zu machen, die uns bei der Suche halfen. Wir durchkämmten jeden Winkel. Tante Lilo brachte es sogar fertig, mehrere Strandkörbe zu inspizieren, und eine entrüstete Ehefrau hob drohend die Kinderschaufel, als Lilo unbefangen ihren im Strandkorb sitzenden, nur mit einem Handtuch bekleideten Ehemann nach dem Verlorengegangenen befragte.

Wir suchten und suchten, und die Flut pirschte sich schon langsam heran, als Tante Lilo fündig wurde. Sie stieß auf einen riesigen schwarzen Hund unbestimmter Rasse, der im Schatten eines Strandkorbes lag und genüsslich auf etwas herumkaute. Es war einer von Vaters Schuhen. Knurrend verteidigte er seine Beute gegen Tante Lilos Zugriff, doch ihr medusenhaft starrer Blick, mit dem sie sich ihm langsam näherte, ließ ihn ohne Beute die Flucht ergreifen. Glücklicherweise fand sich auch der zweite Schuh. Der Hund hatte ihn (wahrscheinlich als Reservespielzeug) dicht daneben verbuddelt. Mehrere von hilfreichen männlichen Kurgästen gereichte Tempotaschentücher reinigten schnell das vollgesabberte Leder, und es stellte sich heraus, dass Vaters unverwüstliche Lieblinge alles gut überstanden hatten. Er war überglücklich, umarmte die inzwischen wegen der Sommerhitze stark entblätterte Tante und zog sie an sich. Und ich, seit kurzem mit einer gewissen Erika Jahnke verbandelt und, wie ich fand, auf dem besten Weg, ein leidenschaftlicher Liebhaber zu werden, bemerkte hellsichtig zum ersten Mal, dass Vaters auf Lilo gerichteter Blick nicht mehr ganz so freundschaftlich wie sonst war, und zwinkerte ihm kumpelhaft zu. Verständnislos sah er mich an. »Brauchst du 'ne Brille?«

Lilo lachte herzlich.

Unsere letzte gemeinsame Unternehmung war das besagte Weihnachtsfest bei Onkel Paul und Tante Hannelore gewesen, und danach war Lilo für Monate verschwunden. Und jetzt tauchte sie wie Kai aus der Kiste wieder auf, saß mit uns beim Mittagessen, als wäre sie erst gestern hier gewesen, und buddelte mit Mutter wieder all die gemeinsam erlebten Geschichten aus. Während sie sich unter lobendem »Hmmhmm« den Pudding hineinlöffelte, unterbrach sie Mutters Redefluss »Da habe ich gesagt, und da hat er gesagt, und da hat sie gesagt, und dann haben die Kinder gesagt«, plötzlich mit einem: »Köstlich, Röschen! Wie hast du den nur wieder hingekriegt!«

Danach herrschte kurzes Schweigen, so, als müssten wir uns von dem jähen Sprung von gestern auf heute umstellen. Aber Mutter brauchte dazu nicht lange.

»Wo in aller Welt hast du dich so lange herumgetrieben? Wir haben uns große Sorgen gemacht.«

»Ihr wisst ja, wie Familie so ist. Ich bin einfach nicht weggekommen.«

Aber so groß schien Mutters Sorge dann auch wieder nicht gewesen zu sein, denn nun waren wir übergangslos wieder bei dem Thema Pelz und »Hüpfende Dohle«. Doch sie kam damit nicht weit, denn Opa Gabelstein erschien, was er nur noch alle Jubeljahre tat. Er hatte inzwischen Konkurs gemacht und war ständig auf der Suche nach neuen Geldquellen, wobei er auch Vater nicht verschonte, was sein Röschen in Rage brachte. Beim Anblick von Lilo bekam er Stielaugen, ließ sich auf einen Stuhl fallen und atmete schwer. Meine Schwester brachte ihm ein Glas Wasser, aber er lehnte ab und verlangte energisch nach einem Schnaps. Den bekam er dann auch, ehe er, vor sich hinmurmelnd, nach Hause wankte.

Mutter entschuldigte sich bei Lilo: »Er ist halt ein alter Mann.« Und dann brach sie, für alle überraschend, in Tränen aus. Ratlos sahen wir uns an. Der Grund war nicht recht klar. War es der Anblick ihres abgetakelten Vaters, die große Freude, ihre Freundin wiederzusehen, oder die Enttäuschung über Vater, der ihre Weihnachtswünsche so strikt verweigerte, wo er, wie sie behauptete, ihr früher jeden Wunsch von den Augen abgelesen hatte?

»Was ist denn nun schon wieder los?«, rief Vater ungeduldig, und ich murmelte: »Was nicht angebunden ist«, was mir von Vater einen missbilligenden Blick einbrachte.

»Was interessiert dich das?«, schluchzte Mutter. »Du spielst hier doch nur noch den großen Boss, der ungestört sein will. Hauptsache, der Herr hat seine Ruhe, sein kühles Bier und die Zeitung parat, wenn er nach Hause kommt.«

Lilo nahm sie tröstend in die Arme. »Ach, mein Röschen, sei nicht traurig, das kommt schon alles auf die Reihe, und wir …, ich meine, du kriegst deinen Karajan auch wieder in Schwung.«

»Wie denn?«, fragte Mutter mit trostloser Stimme.

Ach, die Erde war ein Jammertal. Vater schnauzte uns an: »Was sitzt ihr hier noch rum, anstatt abzudecken!«

Lilo sah auf die Uhr. »Tut mir leid, ich muss jetzt wirklich gehen. Auf jeden Fall komme ich nochmal vorbei.« Und das tat sie auch. Dummerweise waren wir bis auf Vater alle ausgeflogen.

Warum meine Eltern einen Tag darauf plötzlich wie die Turteltauben waren, erfuhr ich sehr viel später von meiner älteren Schwester, der Mutter in reiferen Jahren Vaters Wandel kichernd anvertraute. Als Mutter nämlich nach Hause kam, war Lilo längst gegangen, und durch die Räume schmetterte ein Tango. Ihr

Ritter ohne Furcht und Tadel wartete zu ihrer Verblüffung nicht erst ab, bis sie ihren Mantel ausgezogen hatte, sondern schob sie im kühnen Tangoschritt durchs Zimmer. Dass ihre Freundin da gewesen war, erfuhr sie nur nebenbei. Er war inzwischen zu sehr damit beschäftigt, ihr zu zeigen, dass Mann und Frau zu sein weit mehr bedeutet, als nur die Brut zu füttern und großzuziehen. Und, wie sie meiner Schwester erklärte, zu all dem war der Anstoß wohl ihre Drohung, sich einen Job zu suchen.

So erschienen sie also den Sonntag darauf sehr verschwiemelt und reichlich spät am Frühstückstisch und tauschten zärtliche Blicke.

Meine große Schwester runzelte die Stirn. »Einfach widerlich«, flüsterte sie mir zu. »Aus dem Alter sind sie nun wirklich raus.«

Ich fand das auch, gab mich aber tolerant und lebensklug. »Freu dich doch«, flüsterte ich zurück. »Bestimmt schicken sie uns heute Nachmittag ins Kino.«

»Oder wir dürfen die Garage aufräumen«, sagte meine skeptische Schwester.

Erst jetzt ging es Mutter anscheinend so richtig auf, dass sie Tante Lilo verpasst hatte. »Warum hat sie nicht auf mich gewartet?«, wollte sie von Vater wissen.

Ehe er ihr diese Frage beantworten konnte, ging das Telefon. Lilo war am Apparat, um sich für den gestrigen Überfall zu entschuldigen und Mutter mitzuteilen, dass aus dem gemeinsamen Weihnachtsfest in der »Hüpfenden Dohle« bedauerlicherweise nichts werde. Ihre Tante sei plötzlich wieder schwer erkrankt und brauche sie. Deshalb habe sie so unerwartet vor der Tür gestanden, um sich zu verabschieden.

»Wie schade«, sagte Mutter, nicht ganz so enttäuscht, wie man erwartet hätte. Zudem stellte der plötzlich fest versprochene Pelz und die Feiertage in den Bergen alles andere in den Schatten.

Das von Vater ausgewählte Hotel war toll. Sogar einen Swimmingpool gab es, was damals noch unerhörter Luxus war. Der Schnee glitzerte prächtig im Mondlicht, und der Gottesdienst in einer kleinen, ganz im Schnee versunkenen Kirche war überaus eindrucksvoll. Merkwürdigerweise landeten unsere Gespräche trotzdem wieder sehr schnell bei dem traditionellen Weihnachtsfest in der »Hüpfenden Dohle«, bei Tante Hannelores feuchten Küssen und Onkel Pauls liebevoller Frage: »Seid ihr wirklich satt?«, der chronisch an Haarausfall leidenden Katze, deren Lieblingsspeise das Lametta war, und dem vertrauten Geruch aus feuchtem Schnee, Jauche, Rotkohl, Tabak und nassem Holz.

Mutters Persianer war prächtig, aber ihre Freude daran wurde leicht getrübt durch eine hochnäsige Dame, die rief: »Hübsch! Aber ist der Schnitt nicht ein bisschen aus der Mode?«

Diesmal warteten wir vergeblich, dass Tante Lilo wieder auftauchte. Sie blieb für immer verschwunden. Wenn wir anfänglich auch noch viel von ihr sprachen, geriet sie doch allmählich im Lauf der Jahre in Vergessenheit. Zu viel Neues, Dramatisches und Überraschendes stürmte auf uns ein. Terroristen im eigenen Land, Sprüche wie »Ami raus aus USA, Winnetou ist wieder da!«, Demonstrationen über Demonstrationen und Flower Power. Erst als die Eltern längst tot waren und ich bereits den Großvaterstand erreicht hatte, kam nach und nach ein großes Familiengeheimnis ans Licht. Eine Zeit lang war Opa Gabelstein auch an einem kleinen exquisiten Etablissement beteiligt gewesen, in dem wohlbetuchte Männer nach harter Arbeit Entspannung suchten. Die Hausdame, die dort für Zucht und Ordnung sorgte, eine gewisse Elfie Lattenkamp, hatte ein Kind von ihm, Lilo – Mutters Freundin und Halbschwester.

»Da tun sich ja Abgründe auf!«, rief meine Frau lachend. »Und damit rückst du erst jetzt raus?« Sie nahm ihr drittes Enkelkind auf den Arm, um ihm die brennenden Kerzen auf dem Adventskranz zu zeigen. Das Baby machte einen satten Rülpser und lächelte mich an, und ich fuhr ein wenig zusammen. Es waren Lilos graugrüne Augen, die mich anblickten.

Vater hat mir übrigens noch kurz vor seinem Tod seinen Seitensprung mit Tante Lilo gebeichtet, halb verlegen, halb stolz darauf, was für ein toller Hecht er mal gewesen war. Ich wollte ihm die Illusion nicht nehmen, aber ich bin fest davon überzeugt, dass Lilos Liebesdienst eher Mutter als ihm galt, damit aus dem langweiligen Ehetrott endlich wieder ein flotter Trab würde. Blut ist eben dicker als Wasser, und wir haben schließlich alle etwas von Lilo gehabt, jeder auf seine Weise.

Das Gasthaus in der Lüneburger Heide habe ich übrigens geerbt. Wir haben es wieder ganz im alten Stil hergerichtet, sogar das moderne WC als Plumpsklo verkleidet. Der röhrende Hirsch und die Heidelandschaft schmücken weiterhin die Gaststube, und zwei junge Katzen fühlen sich dort wieder heimisch. Das Gasthaus ist verpachtet. Der Pächter ist sehr zufrieden.

Beschaulichkeit ist wieder gefragt, und Weihnachtslieder und Volksmusik sind groß in Mode. Selbstverständlich werden wir Heiligabend dort mit Kindern und Enkelkindern verbringen. Nur raus aus der Großstadt, ist unsere Devise.

Gedankenverloren beginne ich meine Sachen für das Weihnachtsfest auf dem Lande zu packen. Meine Frau schüttelt den Kopf, als ich ein Paar Schuhe in den Koffer lege.

»Diese alten Latschen willst du tatsächlich mitnehmen? Die waren doch schon deiner Mutter ein Dorn im Auge.«

»Ich will«, sage ich bestimmt. »Ich bin eben im Gegensatz zu dir noch kein Produkt der Wegwerfgesellschaft. Sie sind schließlich ein Stück Familiengeschichte. Und außerdem …« Ich stocke, und die Erinnerungen spulen sich blitzartig zurück bis zu dem Tag, als Tante Lilo diese Treter fand. Ich sehe uns wieder am Strand stehen, mich Vater zuzwinkernd, und höre seine verständnislose Frage: »Brauchst du 'ne Brille?«

»Was außerdem?«, fragt meine Frau.

»Und außerdem«, fahre ich fort, »sind sie wirklich sehr bequem.«

Das Nettchen ist sehr brav

Ich bin ein Einzelkind, und unser Familienleben war so harmonisch, dass sich ein mit meinen Eltern befreundeter Psychologe bemüßigt fühlte, warnend den Kopf zu schütteln. »Zu viel Gleichklang tut einem Kind nicht gut, es wächst nur an den Widerständen.« Er riet dringend zu einer Therapie, was aber meine Eltern zum Glück nicht befolgten. Stattdessen standen sie weiterhin Tag für Tag abends an meinem Bettchen und sangen: »Schlaf, Kindchen, schlaf, das Nettchen ist sehr brav und schließt jetzt seine Äugelein, darüber sich die Eltern freun.« Zwar war es mit dem Bravsein ihrer Jeanette nicht immer ganz so weit her, etwa, als ich die gleichaltrige Nachbarstochter überredete, mir ihr Lieblingsplüschtier, ein grasgrünes Krokodil, zu schenken, und mich weigerte, es wieder herzugeben. Alles, was mein Vater dazu sagte, war ein mahnendes: »Nettchen, Nettchen.«

Merkwürdigerweise benutzte mein friedfertiger Vater im Alltag gern das Wort »Hass«. Er hasste Reißverschlüsse, enge Kragen, Weißwürste, weil sie ihn angeblich zum Niesen brachten, und das Telefon. »Ach, wie ich diesen Apparat hasse«, sagte er, sobald es klingelte, eine Feindschaft, die meine Mutter nicht mit ihm teilte. Und natürlich hasste er alles, was seinem kleinen Liebling an Kränkungen und Demütigungen zuteil wurde.

Diese ruhige Atmosphäre in unserem Haus hatte auch unser geliebter Hund Wuschel verinnerlicht. Er streifte nur auf leisen Pfoten durch die Wohnung und schlief nachts brav in seinem Körbchen. Besonders geruhsam ging es in der Weihnachtszeit zu. Begleitet von Mutters sanftem Klavierspiel, bastelte ich an meinen Weihnachtsgeschenken, kratzte sich Wuschel zu unseren Füßen behaglich, raschelte Vater mit der Zeitung, ab und an herzhaft vor sich hin gähnend, und knisterten die Kerzen auf dem Adventskranz.

An den letzten Tagen vor Heiligabend kam Vater meist schon früher als sonst aus dem Büro nach Hause, was Vorgesetzte wie Kollegen großzügig hinnahmen, war doch Vater sehr beliebt, weil er keinerlei Ehrgeiz besaß, sich den Weg nach oben zu boxen, sondern zufrieden mit dem war, was man ihm zuordnete. Trotzdem wurde er bei einer Gehaltserhöhung nie übergangen, sondern gelegentlich sogar mit der Begründung »sehr teamfähig« bevorzugt. Das Baumaussuchen war für ihn besonders wichtig. Aber damit war erst der Anfang gemacht. Danach musste die Tanne nach Hause geschleppt, passend für den Ständer zurechtgeschnitzt und sorgfältig geschmückt werden. Zu unserem weihnachtlichen Brauch gehörte auch der nicht nur von uns, sondern auch von Wuschel sehr geschätzte Spaziergang in der Dämmerung vor der Bescherung. Wuschels Vorfahren waren Hütehunde gewesen, von denen er sein dichtes Fell geerbt hatte, sodass ihm Kälte nichts ausmachte. Dieses angenehme Tier kam nie auf die Idee, in eine sinnlose Bellerei zu verfallen, sich mit anderen Hunden herumzubalgen oder Fremde anzuknurren. Er begrüßte höflich jedermann, indem er ihm die Pfote reichte, auch wenn ihm anzumerken war, dass sich seine Sympathie in Grenzen hielt.

Teils wurden wir von Nachbarn und den wenigen Freunden meiner Eltern um unsere Ruhe und sichtliche Zufriedenheit beneidet, teils fand man uns etwas merkwürdig. Dabei gab es natürlich auch für Wuschel und mich dieses und jenes unangenehme Erlebnis, das uns aus unserer Ruhe riss. Vielleicht ergriff ja das Schicksal ab und zu die Initiative, um uns für das, was einem im Leben so zu blühen pflegt, abzuhärten, womit es bei Wuschel entschieden erfolgreicher war als bei mir. Während der Hund in späteren Jahren sogar einmal zähnefletschend einen Einbrecher verjagte und Kindern, die ihm zu nahe auf die Pelle rückten, mit finsterem Blick und drohendem Knurren Respekt beibrachte, musste ich noch sehr viel länger Lehrgeld zahlen. Besonders die Sache mit dem Respekt wollte zunächst nicht so recht klappen.

Die beiden ersten Erlebnisse, die wir, wenn auch sehr unterschiedlicher Art, präsentiert bekamen, passierten im selben Jahr. Auf einem unserer vorweihnachtlichen Spaziergänge, auf dem es inzwischen fast dunkel geworden war, begegneten wir einem, wie uns einen kurzen Augenblick schien, wandelnden Weihnachtsbaum. Aber es war ein gespenstisch aussehendes hundeähnliches Wesen, aus dessen Fell irgendetwas Neuerfundenes nur so funkelte und blitzte. Das Wesen entpuppte sich als ein Bernhardiner, der gern ein wenig mit Wuschel gespielt hätte, aber der erschrak so sehr über seinen Anblick, dass er laut bellend davonrannte. Es war das erste Mal, dass wir uns um ihn Sorgen machen mussten, denn er kam erst weit nach Mitternacht zurück und kratzte jaulend an der Haustür.

Ich wiederum, der Liebling aller Lehrer, gelobt für gute Manieren und saubere Hefte, für Höflichkeit und Bescheidenheit, wurde von einer neuen Lehrerin aufs Sträflichste beleidigt. Ich hatte mal wieder mein Rechenheft vergessen, und sie herrschte mich an: »Komm mir jetzt bloß nicht wieder mit deinem geübten Seelchenblick und einer langen Erklärung.« Schluchzend rannte ich nach Hause und konnte weder durch Mutters Klavierspiel noch meinen Lieblingspudding getröstet werden. »Ich hasse Lehrer«, sagte Vater grimmig und verließ das Zimmer.

Das nächste dramatische Ereignis traf Wuschel und mich gemeinsam. Die sonst nicht gerade reiselustigen Eltern hatten sich vorgenommen, in die Schweiz zu fahren, und so ein großes Unternehmen verlangte schließlich sorgfältige Vorbereitung. So erschien jetzt häufiger ein netter Kollege, der sich bereit erklärt hatte, Wuschel bei sich aufzunehmen, damit sich dieses zarte Geschöpf rechtzeitig an ihn gewöhnen konnte. Wuschel jedoch begegnete dem Gast mit Misstrauen. Ich wiederum sollte zu

Tante Reinhild, Vaters Schwester, die sich normalerweise wenig blicken ließ, aber wenn sie kam, immer die wundervollsten Sachen mitbrachte. Wie Mutter mir klarzumachen versuchte, liebte diese Tante mich über alles und war ebenso zornig wie ich, dass diese Lehrerin es gewagt hatte, mich auf eine so unfreundliche Art zu tadeln. Das gab den Ausschlag, denn ich litt immer noch darunter, dass ich seitdem von der ganzen Klasse für meinen »Seelchenblick« geneckt wurde. Doch bereits am ersten Tag überkam mich die ganze Trostlosigkeit des Heimwehs, was wahrscheinlich daran lag, dass ich von allem zu viel bekam. Die Zuneigung und Zärtlichkeit meiner Eltern waren wohltemperiert, ihre Stimmen waren leise, und ihre Meinungsverschiedenheiten, die sicher mitunter auftraten, trugen sie nie in meiner Gegenwart aus. Bei Tante Reinhild erlebte ich das Gegenteil. Wenn sie sich wegen irgendwelcher Gartenprobleme mit den Nachbarn zankte, war das meilenweit zu hören. Wenn sie mich an sich drückte, hatte ich das Gefühl, in die Arme eines japanischen Ringers geraten zu sein, und ihre vielen Küsse waren feuchter als Wuschels Schnauze. Auf meinem zarten Körper lastete nachts ein gewaltiges Federbett, und wenn sie mit mir einkaufen ging, rannte sie so schnell, dass mir die Puste wegblieb. In dem mageren Essen tummelten sich nur wenig wohlschmeckende Kalorien, dafür umso mehr gesunde Vitamine, die auch noch durch mehrere Gläser scheußlich schmeckenden Mohrrübensaft ergänzt wurden, sodass ich mich in der Not heimlich über den Würfelzucker hermachte. Was das Fernsehen betraf, konnte sie sich mit meinen Eltern die Hand reichen: Auch bei ihr gab es nur drei Programme. Als Ersatz dafür übte sie mit mir das Singen.

»Mit Singen«, sagte sie, »kann man gar nicht früh genug anfangen. Man erlebt sich dabei selbst und lernt, aufeinander zu hören.« Gern hätte sie mich in einem Chor gesehen, was ich übertrieben fand. Ein bisschen herumzuträllern machte Spaß, aber zwei-, dreimal in der Woche auf die Kommandos eines Chorleiters zu hören, weniger. Am schönsten fand ich die traurigen Lieder: »Vater, Mutter, Schwestern, Brüder hab ich auf der Welt nicht mehr.« Darüber ließ sich so schön weinen. Aber auch die lustigen wie »Als die Römer frech geworden« mochte ich gern.

Doch auch das Schlimmste geht irgendwann vorüber, und zu Hause hörten sich meine Eltern kommentarlos, sich gegenseitig Blicke zuwerfend, meine Klagen an. Das Einzige, was Vater sagte, war: »Ich hasse Vitamine.«

Nun ging Gott sei Dank wieder alles seinen gewohnten Gang. Nur meine unter Tante Reinhilds Pflege allzu kräftig gewordene Stimme wurde sanft, aber energisch wieder auf Zimmerlautstärke gedrosselt, und singen sollte ich möglichst draußen. Auch das Gesicht der mir sonst sehr zugetanen italienischen Gemüsefrau verfinsterte sich bei meinem Lied von den Römern, und sie fragte: »Du Rassist?« Der Einzige, der, wie ich fand, großes Verständnis für mich zeigte, war der zur gleichen Zeit heimkehrende Wuschel. Er erzählte mir, seinen Kopf in meinen Schoss gelegt, mit klagenden Seufzern seine Leidensgeschichte auf seine Art. Vaters netter Kollege gestand etwas verlegen, dass Wuschel sich wohl nicht besonders glücklich gefühlt hatte. Anscheinend hatten seine Kinder und die des Nachbarn, angeregt durch Wuschels stattliche Größe, ihn wie ein Pony behandelt. Sie hatten ihn vor einen Handwagen gespannt oder ihm eine Decke aufgelegt und waren auf ihm geritten. Auch war einer der Söhne begeisterter Schlagzeugspieler, und der andere hatte eine Vorliebe für Technomusik. Das allerdings erfuhren wir ausführlicher von den Nachbarn des Kollegen, die anscheinend unter dieser Geräuschkulisse, besonders im Sommer, wenn die Fenster offen standen, sehr litten.

»Ich hasse Schlagzeug«, sagte Vater, wofür ihm Wuschel dankbar die Hand leckte. In der ersten Woche trabte der Hund in der Nacht von Zimmer zu Zimmer, um sich zu vergewissern, dass wir noch alle da waren.

So langsam wuchs ich nicht gerade zu einer Schönheit, für die sich die Jungen aus dem Fenster stürzten, heran, aber doch von der Natur so ausreichend bedacht, dass sich dieser und jener Verehrer zeigte. Was die Aufklärung betraf, waren meine Eltern eher zurückhaltend. Das besorgten Schule, Freundinnen und Fernsehen. Doch wie wohl fast jeder junge Mensch stellte ich fest, dass die Realität etwas anders aussah als die romantischen Liebesfilme, in denen die erste Liebe auch gleich die große war. Die begegnete mir mit Anfang zwanzig und wurde glücklicherweise im selben Maß erwidert. Manchmal kam es mir fast so vor, als sei ich nicht nur dem Mann meiner Träume, sondern einem Bruder begegnet, denn bis auf wenige Ausnahmen hatten wir beide dieselben Ansichten und dieselben Interessen, und mein Hasso war ein ebenso ruhiger, ausgeglichener Mensch wie meine Eltern. Als wir uns zum ersten Mal näherkamen, fragte er mich, wie viele Geschwister ich denn hätte, und merkwürdigerweise schien er mehr als erleichtert zu sein, als ich sagte: »Keine.«

»Und wie sieht es bei dir aus?«, fragte ich.

»Nun ja«, sagte er, wie ich fand, etwas ausweichend, »ein Einzelkind bin ich nun gerade nicht.« Wie sich allmählich herausstellte, waren sie fünf Geschwister. Fünf Jungs, zwei Zwillingspaare und er, der Jüngste, wieder ein Junge, obwohl sich die Mutter doch so sehnlichst ein Mädchen gewünscht hatte. Hasso tat einen tiefen Seufzer. »Alle vier Brüder sind verheiratet, und es wimmelt nur so von Neffen und Nichten.« Ich zuckte zusammen, und er fügte hastig hinzu: »Mach nicht so ein erschrockenes Gesicht. Meine Brüder sehe ich äußerst selten, sie sind in der ganzen Welt verstreut.«

»Na ja«, sagte ich tröstend, »so viele Geschwister sind sicher sehr abwechslungsreich.« Aber insgeheim war ich froh, dass es nicht meine waren.

»Wie man's nimmt«, sagte Hasso. »Es kommt ganz auf die Einstellung an. Na ja, spätestens bei unserer Hochzeit wirst du sie ja kennenlernen.«

Der Besuch bei meinen zukünftigen Schwiegereltern erwies sich als sehr angenehm, und ich wurde mit großer Herzlichkeit aufgenommen. Allerdings wirkten sie aus mir unerklärlichen Gründen ein wenig gehetzt, so, als erwarteten sie jeden Moment den Gerichtsvollzieher. Auch fiel mir auf, dass nirgendwo Bilder von den Kindern zu entdecken waren. Vielleicht, dachte ich, stehen die alle in ihrem Schlafzimmer, und bis dahin war ich ja als Gast noch nicht vorgedrungen. Auch wurde von Hassos Brüdern wenig gesprochen, dafür umso mehr von Reisen, deren Anzahl mich, die Nesthockerin, verblüffte. Kaum ein Land, das sie nicht schon gesehen hatten. An meiner Kindheit zeigten sie großes Interesse, wollten alles von mir und meinen Eltern wissen und schienen mir fast ein wenig neidisch, dass ich in einer solch harmonischen, ruhigen Umgebung aufgewachsen war. Sie lachten, als ich ihnen die Meinung des Psychologen erzählte, der meine Eltern vor allzu großer Harmonie gewarnt hatte, nickten sich zu und sagten: »Der Mann hat doch keine Ahnung.« Sie versicherten mir mehrmals, wie sehr sie sich darauf freuten, meine Eltern bald kennenzulernen.

»Deine Mutter ist so ganz anders als die Großmütter, die ich kenne«, sagte ich nachdenklich auf der Heimfahrt. »Mir ist aufgefallen, dass sie kaum von ihren Enkelkindern spricht.«

»Ich denke«, sagte Hasso, und ich merkte, dass er keine Lust hatte, auf dieses Thema weiter einzugehen, »zu viel Familie kann einen auch überfordern.«

Die beiden Elternpaare fanden sich zusammen, und man wurde sich einig, dass die Hochzeit aus Platzgründen besser bei den zukünftigen Schwiegereltern gefeiert werden sollte.

Ich muss sagen, ich war mehr als verblüfft über die Menschenmenge, die sich da in die kleine Kirche drängte. Hasso und ich ertranken förmlich in heftigen Umarmungen und schmatzenden Küssen. Auch war die ganze Familie sehr gesprächig, und ihre kräftigen Stimmen übertönten mühelos die Kirchenglocken. Einen Augenblick hatte ich das Gefühl, Tante Reinhild habe sich verhundertfacht. Ängstlich drängte ich mich an Hasso, und er sagte beruhigend: »Du wirst sehen, lange halten sie sich hier nicht auf. Wenn wir von der Hochzeitsreise zurück sind, hat sich alles wieder verkrümelt.«

Er sollte recht behalten. Nach unserer Rückkehr hörten wir nichts mehr von ihnen. Wir waren jetzt ganz damit beschäftigt, das kleine

Haus am Stadtrand, das Hasso für uns erworben hatte, einzurichten. Erst kurz vor Weihnachten trat die Familie wieder in Erscheinung in Form von einem nicht enden wollenden Strom von Christmas-Karten, die unseren Briefkasten verstopften. Sie kamen in allen Größen, Farben und Sprachen, Englisch, Spanisch, Portugiesisch. Entgeistert fragte ich Hasso: »Muss ich die womöglich alle beantworten?«

Mein Mann schüttelte den Kopf. »Am besten gleich im Kamin verbrennen.«

Aber das empfand ich dann wiederum als sehr hart und lieblos. »Ich weiß nicht«, sagte ich zögernd. »Es ist doch nett gemeint, dass sie an uns denken. Ich kenne nicht mal ihre Adressen. Und schließlich ist Weihnachten das Fest der Liebe und des Friedens.«

»Liebe, Frieden«, sagte Hasso und machte plötzlich ein ganz verbittertes Gesicht. »Hast du eine Ahnung, du Einzelkind. Zweimal Zwillinge als Brüder, da hast du keine Chance. Ich jedenfalls habe keine gehabt. Gerade am Heiligabend gab es bei uns immer den größten Krach. Meine Eltern kamen dagegen einfach nicht an. Wir prügelten uns sogar unterm Weihnachtsbaum. Das meiste bekam ich ab. Erst pickten sie sich das Beste aus meinem bunten Teller, dann bewarfen sie sich gegenseitig mit meinem Puzzlespiel, und vor der Bescherung machten sie meinen armen Teddy landfein, wie sie es nannten, und rasierten ihn kahl. Die Eltern wussten oft nicht mehr, wie sie mit uns fertig werden sollten. Ich glaube, manchmal fühlten sie sich wie in einem Rudel junger Wölfe. Oft genug saß meine Mutter in der Ecke und sagte leise vor sich hin: ›Nur fort, nur fort.‹ Und das sind sie ja seitdem auch, immer auf Reisen.«

»Aber später«, sagte ich, »als deine Brüder erwachsen waren, da ist doch bestimmt jeder seinen eigenen Weg gegangen, und sie haben dich in Ruhe gelassen.«

»Eigener Weg. In Ruhe gelassen.« Er lachte bitter. »Da haben sie mir jedes Mal meine Freundinnen ausgespannt oder meine kleine Wohnung als Herberge benutzt. Sie standen einfach vor der Tür. ›Hallo Bruderherz, da sind wir. Wir hoffen, du hast ordentlich was im Kühlschrank.‹«

»Hört sich direkt gruselig an«, sagte ich erschrocken, denn Gäste hatten wir zu Haus nicht oft gehabt. Die Eltern waren sich selbst genug. Nur ab und an kam mal jemand vorbei oder unerwünscht Vaters Schwester, Tante Reinhild.

»Ist denn aus deinen Brüdern wenigstens was Vernünftiges geworden?«

Hasso lächelte melancholisch. »Mehr als aus mir. Aber lass uns von was anderem reden.«

Und das taten wir dann auch ausführlich, denn wir waren noch in der Phase, wo einem jungen Paar der Gesprächsstoff nicht ausgeht. Auch waren wir glücklich, dieses erste Weihnachten ganz für uns zu haben. Die Schwiegereltern waren wie gewohnt auf Reisen, und meine Eltern hatten, verständnisvoll wie immer, unsere Einladung taktvoll abgelehnt.

Der Winter verging, das Frühjahr nahte und mit ihm die erste Störung unserer idyllischen Zweisamkeit. Als ich an einem Wochentag arglos vom Einkaufen nach Hause kam, öffnete ein mir vage bekannt vorkommender Mann die Haustür. »Grüß dich, Schwägerin«, sagte lachend Benno, der Älteste der Zwillinge.

»Wie sind Sie, wie bist du denn hier reingekommen?«, fragte ich verblüfft.

»Du hast das Küchenfenster offen gelassen. Komm rein und lass dich umarmen.«

Benno tat, als sei es das Selbstverständlichste der Welt, einfach so hereinzuschneien, ohne sich vorher anzumelden. Er klopfte mir herzhaft auf die Schulter und musterte mich wohlwollend.

»Was für eine hübsche Schwägerin habe ich

bekommen. Ich muss schon sagen, Hasso hatte schon immer einen guten Geschmack.«

Und ich, halb geschmeichelt, halb erschrocken, erinnerte mich, was Hasso mir von seinen Freundinnen erzählt hatte. Wie ich feststellen konnte, hatte es sich unser ungebetener Gast in meinem so ordentlichen Wohnzimmer richtig gemütlich gemacht. Der gläserne Couchtisch war voller Kaffeeflecken, der Aschenbecher voller Zigarettenstummel, und ein halb geleerter Teller mit etwas Undefinierbarem darauf stand auf dem Fernseher, in dem gerade mit großer Lautstärke ein Fußballspiel übertragen wurde. Die Sofakissen waren auf dem Fußboden verstreut und Bücher aus den Regalen gezogen und nicht mehr zurückgestellt. Im Badezimmer sah es nicht besser aus. Handtücher lagen auf der Erde, der Sitz des WCs war hochgeklappt, und sämtliche Lampen brannten.

Inzwischen hatte sich Benno sein Jackett ausgezogen und gab mir den Blick auf zwei muskulöse, mit Tattoos geschmückte Arme frei, und ich musste mir eingestehen: Dieser Benno hatte etwas, wenn er auch mehr wie ein Fußballtrainer als wie ein Wissenschaftler wirkte, der, wie mir Hasso erzählt hatte, schon nobelpreisverdächtig war. Ich muss zugeben, dass es zu meiner eigenen Überraschung sehr nett mit ihm war. Er entpuppte sich als amüsanter Unterhalter, und ich spürte sofort einen Anflug von Bedauern, als er plötzlich aufsprang und rief: »Ich muss ja los, mein Flieger wartet! Grüß mir das Bruderherz und sag ihm, meine neue Schwägerin ist eine Sünde wert.«

Ich lachte, dachte aber insgeheim: ›Das erzähle ich dem armen Hasso bestimmt nicht.‹ Der Taxifahrer klingelte, er verabschiedete sich mit einem mehr als unter Verwandten üblichen langen Kuss, flüsterte mir ins Ohr: »Ich komm bald wieder«, und war verschwunden. Und ich fragte mich, warum mich sein plötzliches Auftauchen nicht nur geärgert, sondern es auch sehr ambivalente Gefühle in mir wachgerufen hatte, ebenso wie die Furcht vor einer drohenden Gefahr.

Als ich Hasso, noch ganz benommen und ziemlich aufgeregt, von Bennos Besuch erzählte, nahm er es gelassen. »An solche Überfälle müssen wir uns wohl gewöhnen. Immer alles gut unter Verschluss halten, das ist in meiner Familie das Wichtigste. Aber wirklich sicher ist man vor ihnen nie.«

Ich nickte zustimmend, aber für einen Augenblick spürte ich noch den Kuss des Schwagers, und plötzlich tat mir mein Mann leid.

Hassos Worte erfüllten sich, und in den nächsten Monaten ging es bei uns zu wie im Taubenschlag. Unter anderem wurde uns eine schon recht zerbrechliche Tante aufgehalst, deren Leben angeblich von einer Kur mit belebenden Spritzen abhing, und der einzige Arzt, der sich damit auskannte, wohnte ausgerechnet in unserem Kaff. Drei Wochen hatten wir das Vergnügen mit ihr und ihren Angewohnheiten, sich beim Frühstück aus einem Milchkaffee und einem Brötchen eine Babe, wie sie es nannte, zu machen, was uns zwang, fast täglich das Tischtuch zu wechseln. Ihr fast auf dem Fuß folgte eine der vielen Nichten. Dieses, wie uns versichert wurde, hochtalentierte junge Geschöpf musste unbedingt bei einer in der ganzen Branche angeblich sehr angesehenen Goldschmiedin, an deren Geschäft wir bisher achtlos vorbeigegangen waren, ein Praktikum machen. Gott sei Dank bekamen wir die Nichte kaum zu Gesicht. Nach der Arbeit trieb sie sich in der Stadt herum und abends in irgendwelchen obskuren Diskotheken, wozu sie aber, wie sie uns mit Brief und Siegel zeigte, das volle Einverständnis der Eltern hatte. Danach standen uns ein fast tauber Onkel ins Haus, der irgendein uns völlig unbekanntes Archiv durchforsten wollte, und zwei, drei mit Babys und viel Familiensinn behaftete Mütter, die gar nicht oft genug beteuern konnten, wie viel gemütlicher es sei, bei der Verwandtschaft zu übernachten als in einem Hotel.

Dann war erst mal Feuerpause. Wir atmeten auf. Ziemlich ermattet von dem ganzen Hin und Her fragte ich Hasso, warum diese Flut von Verwandten immer ausgerechnet bei uns landete und nicht von seinen Eltern aufgenommen wurde, die viel Platz hatten und besser zu erreichen waren. Er grinste. »Die haben schon ihre triftigen Gründe. Ich glaube, ihr sehnlichster Wunsch wäre es, mit deinen Eltern zu tauschen.«

Es dauerte seine Zeit, bis wir uns wieder abgewöhnt hatten, unser Heim, wenn wir ein, zwei Tage weggewesen waren, erst vorsichtig zu umschleichen, ehe wir es betraten. Der Herbst verging, der Winter kam, alles blieb ruhig. Kein Telefongespräch, keine E-mails, keine SMS, die Weihnachtsvorbereitungen konnten beginnen. Und wir widmeten uns ihnen mit Hingabe. Das Christfest bescherte uns einen herrlichen Wintertag und lud uns zu einem ausgiebigen Spaziergang ein, der sich so in die Länge zog, dass bereits die Dunkelheit hereingebrochen war, als wir zurückkamen. Unser Nachbar, an dem wir vorbeimarschierten, rief uns etwas nach, das wir nicht verstanden und was wahrscheinlich gute Wünsche für das Weihnachtsfest bedeutete. So riefen wir zurück: »Ebenfalls!«

Als wir uns unserem Haus näherte, sagte Hasso tadelnd: »Nette, du hast mal wieder überall das Licht brennen lassen.«

Ehe ich mich verteidigen konnte, wurde die Haustür aufgerissen, Hassos Brüder, ihre Ehefrauen und ihr zahlreicher Nachwuchs umringten uns fröhlich und riefen: »Überraschung, Überraschung! Merry Christmas!«

»Wie sollen wir euch denn alle unterbringen?«, stotterte Hasso.

»Es gibt ja noch den Fußboden!«, riefen sie.

»Warum seid ihr nicht zu euren Eltern gefahren?«, fragte ich kläglich. »Die sind zwar auf Reisen, aber das Haus ist geräumig und leer.«

»Weil wir keinen Schlüssel haben«, sagte Benno und zog mich an sich. »Ohne das Codewort rückt der Wachdienst ihn nicht heraus.« Und ich verfluchte mich, dass ich einen Hausschlüssel beim Nachbarn abgegeben hatte.

Kurz gesagt, der Heiligabend entwickelte sich zu einem Albtraum. Unser liebevoll geschmückter Weihnachtsbaum mit allem, was dazugehörte, inklusive Schokoladenkringel, sah so zerrupft aus, als hätte man ihn gerade am Straßenrand entsorgt. Statt eines besinnlichen Abends mit Kerzenlicht und Kaminfeuer brannte jede Lampe, die im Haus existierte, und unsere Alkoholvorräte schmolzen schneller dahin als die Wachskerzen.

Kurz vor Mitternacht warfen wir das Handtuch und schlichen aus dem Haus. »Und wohin fahren wir jetzt?«, fragte Hasso etwas ratlos, als wir im Auto saßen.

»Natürlich zu meinen Eltern«, sagte ich.

Wie alles, nahmen sie unseren plötzlichen Überfall sehr gelassen. Wuschel kam aus seinem Korb gekrochen, um mich zu begrüßen, Vater zündete noch einmal die Kerzen am Baum an, während Mutter uns ein kleines Abendbrot zauberte.

»Macht es euch in Nettes altem Zimmer gemütlich«, sagte sie hinterher. »Du wirst sehen, Nette, es hat sich nichts verändert.«

Tatsächlich, es war alles noch wie früher. Ein großer Plüschfrosch saß wie gewohnt auf der Bettdecke und glotzte mich an, zwei Barbiepuppen im rosa Tüllgewand lehnten sich gegen die Grimm'schen Märchen und spreizten dabei lasziv ihre schlanken Beine, und ein zerrupfter kleiner Bär versteckte sich schüchtern hinter einer gläsernen, mit Papierblumen gefüllten Vase. Schlagartig kehrte die Kindheit zurück, nur schien mir alles geschrumpft, und das Bett war verdammt schmal. Wir mussten uns geradezu aneinanderklammern, um nicht herauszufallen, was aber Hasso ordentlich in Schwung brachte.

»Vielleicht«, murmelte er, »sollten wir anfangen, mit den Wölfen zu heulen, und für Nachwuchs sorgen.«

Wieder einmal ist das Christfest da, und wieder beginnen wir den Heiligabend mit einem herrlichen Spaziergang. Die Abendsonne hat den Horizont rot angepinselt, ein paar Krähen krächzen in den Tannen, und dann hören wir Kinderstimmen ein Lied singen. Der Gesang kommt näher und näher, bis er mir in den Ohren gellt. Ich öffne die Augen. Vor meinem Bett stehen unsere Kinder, zwei Zwillingspaare mit ihrem Bruder, und singen: »Stille Nacht, heilige Nacht.«

»Nun haben sie dich doch aufgeweckt«, sagt Hasso bekümmert. »Ich habe sie extra gebeten, die Singerei zu lassen.«

»Im Nichtgehorchen waren sie schon immer die Größten«, sage ich gähnend. »Aber macht nichts, ich muss sowieso bald los, um rechtzeitig zum Mittagessen bei meinen Eltern zu sein.«

»Und du willst wirklich fahren?«, fragt Hasso. »Ich glaube nämlich, unser Hänschen brütet was aus. Er klagt dauernd über Kopfschmerzen.«

Unser Hänschen heißt eigentlich Hasso und ist traditionsgemäß das fünfte Rad am Wagen. Ich befühle die Stirn meines Jüngsten. Sie ist tatsächlich glühend heiß. Eine Erkältung kündigt sich an. Bakterien und Viren lieben ihn. Er hat alle Augenblicke was.

»Keine Sorge«, sage ich beruhigend zu meinem Mann. »Du weißt doch, was der Arzt gesagt hat. Das meiste ist bei ihm psychosomatisch. Wie wär's, wenn du uns jetzt mal Frühstück machst?«

»Bin schon auf dem Weg«, sagt Hasso. »Aber ich finde, du übertreibst es manchmal wirklich mit der Emanzipation.« Er erhebt sich mit einem klagenden Seufzer.

Ehe ich zu den Eltern aufbreche, ermahne ich die Zwillinge, nett zu ihrem kleinen Bruder zu sein. Sie strahlen mich an: »Klar, Mami.« Und schon hat ihn einer von ihnen im Schwitzkasten. Nach dem Frühstück gehe ich noch einmal durch die Räume. Wie immer sieht es überall wüst aus, besonders das Weihnachtszimmer, und ich bücke mich automatisch nach allem, was auf dem Fußboden herumliegt. Den armen Hasso erwartet viel Arbeit. Gottesgeschenke, was ja Kinder laut Hassos Familie sind, haben es oft in sich, und unglücklicherweise vertrage ich die Pille nicht.

Die Familie begleitet mich zum Auto. Ich starte und winke ihnen, ehe ich das Grundstück verlasse, noch einmal zu. Sie winken zurück, Hasso mit einem roten Wischtuch. Seine Bewegungen, wen wundert's, wirken matt. Beide Festtage mit den Kindern allein, das ist kein Zuckerschlecken, aber so ist es nun mal. Um seine Eltern muss man sich kümmern. Vergnügt brause ich vor mich hinsummend die Autobahn entlang.

»Vater, Mutter, Schwestern, Brüder hab ich auf der Welt nicht mehr.« Zwei herrliche beschauliche Tage unter dem Weihnachtsbaum erwarten mich. Ich kann sie wirklich gebrauchen. Das Haus ist einfach zu klein, um bei fünf quirligen Jungen ein ruhiges Plätzchen zu finden. Mein armer Ehemann. Er war ziemlich außer sich gewesen, als ich ihm ein weiteres Familienmitglied ankündigte. »Aber wir haben uns doch so vorgesehen.«

»Gottesgeschenke«, sagte ich mit Seelchenblick, »richten sich nun mal nicht danach.«

»Na ja«, hatte Hasso ergeben gesagt, »vielleicht haben wir ja Glück, und es wird endlich ein Mädchen.« Und dann wurde es der fünfte Junge.

Aber nächstes Jahr wird alles ganz anders. Es ist mir endlich gelungen, meine Schwiegereltern davon zu überzeugen, dass ein Tausch unserer Häuser sinnvoll wäre. Zwar reisen sie jetzt noch nach wie vor, aber auch bei ihnen macht sich das Alter allmählich bemerkbar. Bald werden sie dazu übergehen müssen, ein Reiseziel in der Nähe zu bevorzugen und Wert auf Hotels mit einer gewissen ärztlichen Betreuung, wie sie die Kurorte anbieten, zu legen. Auch wenn sie es nur ungern zugeben, der große Garten und das große Haus beginnen sie zu überfordern. Und dann wären sie womöglich auf ihre Kinder angewiesen, auf die Wölfe, wie sie sie liebevoll nennen. Die würden sich in alles einmischen und versuchen, in ihr Revier zurückzukehren, und mit der so teuer erkauften Ruhe wäre es endgültig vorbei. Unser Haus dagegen bietet sich für ihre Bequemlichkeit geradezu an. Und ich habe das Gefühl, dass sie auch anfangen, sich darauf zu freuen. Ein Gastzimmer wird es allerdings nicht mehr geben. Dort, das haben wir schon besprochen, werden die dann überflüssigen, aber sehr wertvollen Möbel untergestellt werden. Da können die inzwischen zum Teil erwachsenen Enkelkinder sie noch so sehnsüchtig umschleichen.

Diese Regelung findet auch die volle Zustimmen des Alpha-Wolfs Benno, der einzige kinderlose Bruder, inzwischen zum vierten Mal geschieden und unser häufigster Gast. Hasso ist geschäftlich oft unterwegs und froh, dass ich dann nicht mit den Kindern allein bin. Er, der einst so unter Benno leiden musste, hat jetzt ein sehr gutes Verhältnis zu seinem Bruder, gibt ihm allerdings hin und wieder lautstark Kontra, wenn er sich in Sachen einmischt, die ihn nichts angehen, besonders, was die Erziehung von Hänschen betrifft, aus dem er anscheinend unbedingt auch einen Alpha-Wolf machen möchte. »Dabei ist er ihm überhaupt nicht ähnlich«, sagt Hasso. »Er kommt eben ganz nach mir. Gott sei Dank, kann ich nur sagen. Dieses ewige Machogehabe ist doch gar nicht mehr zeitgemäß. Soll er sich doch erst mal einen eigenen Sohn anschaffen.«

»Wo er recht hat, hat er recht«, sagt Benno, und unsere Blicke treffen sich.

Ruhiger wird es durch den Tausch natürlich auch für mich nicht werden. Kinder sind nun mal wie junge Hunde, sie wuseln dauernd überall herum. Aber es ist endlich Platz genug für eine tüchtige Hilfe im Haushalt und ein Au-pair. Ich werde mir dann so oft wie möglich eine Auszeit gönnen.

Während ich die Autobahn entlangflitze, bekomme ich doch wieder ein schlechtes Gewissen, meinen armen Hasen seinen ruppigen Brüdern ausgeliefert zu haben. Doch es nützt nichts, er muss es lernen, sich im Rudel zu behaupten, damit es ihm nicht so wie Hasso geht. Ich sehe auf die Uhr. In einer halben Stunde werde ich bei meinen Eltern sein. Weihnachten ist es zu Hause immer am schönsten. »Da bist du ja«, werden sie sagen, so, als käme ich gerade aus der Schule nach Haus. Wir werden einen schönen Spaziergang machen, werden die Kerzen am Weihnachtsbaum anzünden, meine Mutter wird Klavier spielen, und mein Vater wird sagen, wenn ich ihm den üblichen Ärger mit unseren Handwerkern erzähle: »Ich hasse Handwerker.« Nur Wuschel wird mir fehlen, mein treuer Begleiter durch die Kinderjahre. Er ist inzwischen einen sanften Tod gestorben. Und wenn ich in meinem Bettchen liege, werden sie noch einmal wie früher ins Zimmer kommen, bis auf die weißen Haare für mich unverändert, und singen: »Schlaf, Kindchen, schlaf, das Nettchen ist sehr brav.«

Bin ich das wirklich?

Monti und Konsorten

Was den Lifestyle betrifft, geben wir uns wirklich große Mühe, mit unseren Freunden aus dem Club einigermaßen Schritt zu halten. Selbstverständlich trägt Richard maßgeschneiderte Hemden und handgenähte Schuhe, wir entrüsten uns über dieselben Ärzte und Banken, beugen demütig unsere Köpfe vor demselben Friseur, lassen unsere Körper vom selben Masseur durchkneten und uns von ihm den neuesten Klatsch erzählen. Unseren Urlaub verbringen wir nicht mehr auf den Malediven, sondern in Afrika. Auch unser Ambiente ist zeitgemäß. Wir sitzen auf den richtigen, wenn auch reichlich unbequemen Stühlen, werden von den richtigen Lampen beleuchtet, haben begehbare Badewannen und Schwebetüren im Italy Look. Ein Bett, das den Besitzer zum Takt seiner Lieblingsmusik massiert, haben wir noch nicht, es steht aber bei Richard schon auf der Liste.

Nur was das Weihnachtsfest betrifft, gibt es bei uns noch Defizite. Selbstverständlich haben auch wir inzwischen erkannt, dass Weihnachten weit mehr bedeutet, als nur kilometerweit zu fahren, um auch ja *das* Prachtexemplar von Tanne zu finden, sich unter diesem Prachtexemplar dann gegenseitig einen Haufen Geschenke unter die Nase zu halten und den Ehemann dafür vor den Freunden gar nicht genug zu rühmen, obwohl man längst beschlossen hat, die kostbaren Gaben gleich nach Weihnachten wieder umzutauschen.

»Es ist nun mal das höchste Fest im Jahr«, sagt Richard erzieherisch-liebevoll, als er mir meine Enttäuschung anmerkt, dass ich keinen Scheck für ein neues Auto vorfinde, sondern als Ersatz nur ein recht hübsches Armband. »Weihnachten heißt schließlich Christi Geburt, da sollten die materiellen Dinge doch zweitrangig sein.«

»Aber du hast doch gerade erst flott geerbt«, sage ich. »Und Geben ist seliger denn Nehmen.«

Er nickt. »Du sagst es, aber du weißt auch, erben verpflichtet.«

»Eben«, sage ich. »Das kannst du doch jeden Tag in der Zeitung lesen: Die Wirtschaft wird nur angekurbelt, wenn wir mehr shoppen gehen. Das allein ist der richtige Weg, um Arbeitsplätze zu erhalten.«

»Dazu muss man dich bestimmt nicht erst ermuntern«, sagt er lachend, »wenn ich mir so mein Konto ansehe …«

Ich weiß, im Grunde hat er recht, aber unser eigentliches Defizit zu Weihnachten den anderen Clubmitgliedern gegenüber ist, dass keine leuchtenden Kinderaugen den Weihnachtsbaum bestaunen, mit anderen Worten, dass wir keinen Nachwuchs haben. Kinder liegen zurzeit sehr im Trend. Im Club gibt es einen wahren Babyboom, und selbst Mütter mit einem Sprössling müssen sich schon etwas Passendes ausdenken, wenn immer noch kein Zweites unterwegs ist. Für uns ist es dafür fast zu spät. Mag sein, dass die vielen Klagen der jungen Mütter über schlaflose Nächte, grauenhafte Krankheiten und zermürbende Kämpfe, ehe das geliebte Kind einem gestattet, ihm die Hose anzuziehen, und nicht zuletzt die rot geränderten Augen der Ehemänner, wenn für sie Wochenenddienst angesagt war, uns abgeschreckt haben. Wie oft habe ich an den Ausspruch eines indischen Meisters gedacht, der sagt: »Nur allein hast du Macht über dich selbst.« Denn wenn ich mir die Familien um mich herum so betrachtete, ließ sich schnell feststellen, dass die Macht nur in den Patschhändchen all dieser Wonneproppen lag. Dafür müssen wir nun mit dem herablassenden Mitleid der stolzen Mütter leben, besonders dann, wenn sie mit der süßen Last die Treppen rauf und runter keuchen und gönnerhaft sagen: »Sicher möchtest du auch gern mal das Baby auf den Arm nehmen. Es ist ein zu wonniges Gefühl.« Dann braucht es wirklich sehr gute Ausreden, um die Freundschaft nicht zu trüben. Glücklicherweise gibt es ja da unsere stark gefährdeten Bandscheiben, die regelmäßig durch die Medien geistern und offensichtlich nur zu retten sind, wenn man beim Heben schwerer Lasten in die Knie geht, was mit einem zappelnden Zehnpfünder kaum möglich ist.

Vor allem meine Freundin Britta trägt überall und penetrant ihr ungetrübtes Mutterglück vor sich her. Während andere Mütter immerhin hier und da verstohlen über ihr Muttersein klagen und zugeben, dass sie ihr Nachwuchs oft zur Verzweiflung bringt, wird einem bestimmt von Britta auf die Frage: »Wie geht's denn so in der Familie?« entgegengejubelt: »Von uns gibt es nur Gutes zu berichten« – auch wenn die Zeugnisse der Kinder katastrophal sind und sie gern mit Spraydosen hantieren. Nun tut Britta sich im Club gern hervor und wird von vielen bewundert. Das war schon in der Schule so. Sie glänzte nicht nur als Klassensprecherin, sie war sogar, kaum eingeschult, ein paar Wochen auf dem Werbeplakat einer Bank zu sehen, wo sie als Sterntalermädchen vom Himmel prasselnde Dukaten in ihrer Schürze auffing. Auch jetzt kommt sie auf die ausgefallensten Ideen, um im Club hervorzustechen. Im letzten Jahr war der von ihr gestiftete Weihnachtsmann ein Roboter. Dieses technische Wunder mit seinen abgehackten Bewegungen und einer roten Pudelmütze auf dem metallenen Kopf war ja irgendwie ganz ulkig, wurde aber mehr von uns als von den zur Weihnachtsfeier mitgebrachten Kindern bestaunt, die nur gelangweilte Gesichter machten, während der Älteste vor sich hinmurmelte: »Schnee von gestern.«

Veranstaltungen dieser Art – egal, ob es sich um eine Kinderparty, eine Musikdarbietung, bei der irgendein Kind unter den verzückten Blicken der Eltern auf der Geige herumkratzt, oder ob es sich darum handelt, dass die lieben Kleinen etwas selbst gekocht haben, um es den Gästen aufzutischen – sind natürlich, wie es sich im Club gehört, mit einer kleinen Spende für gute Zwecke verbunden. Solche Attraktionen können Kinderlose nicht bieten. So fassten wir den Entschluss, es nicht nur bei der kleinen Spende, die Richard meiner Meinung nach viel zu großzügig bemaß, zu belassen, sondern ganz persönlich Gutes zu tun, wie etwa am Heiligabend jemand vom Schicksal Gebeutelten, oder was wir dafür hielten, einzuladen. Ich erzählte meinen Freunden von unserem Plan und hatte sofort Iris an der Hacke, die ausführlich von dem großen Problem mit ihrer Urgroßmutter erzählte. Iris war mit der ganzen Familie von einem Geschäftspartner ihres Mannes nach Dubai eingeladen worden, und dieser Mensch war für ihn so wichtig, dass sie unmöglich ablehnen konnten. Aber wohin nun mit der Urahnin, einer Frau, die doch so viel Schweres erlebt hatte einschließlich Hungerjahre nach zwei Weltkriegen, Flucht und Vertreibung und die nun schon seit vielen Jahren den Heiligabend und die Feiertage bei ihnen verbrachte. Iris ist im Club ebenfalls sehr tonangebend, und so konnte ich den Wink mit dem Zaunpfahl schwer übersehen. Aber sie strömte über vor Dankbarkeit und revanchierte sich, indem sie im Club eine Menge von unserem hilfsbereiten Angebot hermachte, sodass wir uns in der allgemeinen Anerkennung sonnen konnten.

Die angeblich hilflose, zur Schwermut neigende Greisin erwies sich glücklicherweise als noch sehr rüstig, nicht wie befürchtet halb blind, halb taub, halb wirr, sondern proper anzusehen, mit festem Tritt und kräftiger Stimme. Sie erzählte eine nette kleine Geschichte von einem ihrer Vettern, der anno dazumal als Offizier alle zwei Jahre versetzt worden war und dessen Sohn einen Aufsatz über die Heilige Nacht schreiben musste. Er schrieb: »Dann kamen sie in ein Hotel, und Josef sagte: ›Bitte ein ganz einfaches Zimmer mit zwei Betten.‹ Und mitten in der Nacht rief Maria: ›Josef, mach mal Licht, ich glaube, wir haben einen Sohn geboren.‹« Die Geschichte kam uns bekannt vor, wir fanden sie aber weiterhin recht gelungen.

Als unermüdliche Zuschauerin bei den vielen Quizsendungen im Fernsehen war die Urahnin auch sehr beschlagen, kannte im Gegensatz zu uns sämtliche Hauptstädte der Welt und wusste teilweise sogar, wie viele Einwohner sie hatten. Sie war also eine sehr anregende Gesprächspartnerin, und irgendwann kamen wir dann auf den Klimawandel. Auch hier zeigte sich die alte Dame bestens informiert. Aber anders als wir sah sie das Ganze mehr von der positiven Seite. Zitronen auf dem Balkon, schon im Februar laue Sommernächte, ein herrlicher Gedanke! Und was würde man allein an Heizkosten sparen!

Leider endete dieser gelungene Abend mit einem leichten Misston. Es stellte sich etwas heraus, womit wir wirklich nicht gerechnet hatten. Wir waren der festen Meinung, an alles sorgsam gedacht zu haben: das Gastzimmer mit einem gemütlichen Sessel eingerichtet, eine Gummimatte in die Badewanne gelegt, für einen trittfesten Bettvorleger gesorgt und eine vernünftige Leselampe, dazu natürlich den obligaten Teller mit Obst und eine Flasche Wasser bereitgestellt. Doch die dem Leben noch sehr zugewandte Ahnin bekam sichtlich einen Schock, als sie sich probeweise auf das Bett setzte. Die Matratze war zu weich. Zwar war sie nagelneu und, wie im Prospekt stand, von einem prominenten Orthopäden warm empfohlen, aber eben nicht etwas siebenfach Geschäumtes oder so ähnlich, wie es der Rücken unseres Gastes verlangte. Mein einfallsreicher Richard sagte: »Ich habe eine blendende Idee!«, die ich nicht mehr ganz so blendend fand, als er an unseren Wäscheschrank ging, die sorgsam Kante auf Kante gelegte Bettwäsche herausriss, sie achtlos auf unsere die Natur symbolisierende, von einer gefragten Designerin mit Frühlingsblumen handgestickte neue Bettdecke warf und die Bretter herausnahm, die er dann mit meiner Hilfe unter die Matratze schob. Unser Gast schien überaus dankbar und bat um Entschuldigung für die Mühe, die sie uns machte. Aber ihr Gutenachtgruß klang matt.

Am nächsten Tag merkte man der alten Dame deutlich an, dass sie die Nacht nicht in Morpheus' Armen verbracht hatte.

Mein Richard, der, wie alle Männer etwas begriffsstutzig, mein gutes Aussehen zu loben pflegte, wenn mich der Schnupfen am schlimmsten gepackt hatte, fragte fröhlich, ehe ich ihn daran hindern konnte: »Ich hoffe doch, es war eine gute Nacht? Jedenfalls sehen Sie blendend aus.«

Die Ahnin reagierte mit Haltung und sagte tapfer: »Ein wenig ungewohnt.« Aber dann beharrte sie doch sehr hartnäckig darauf, wieder nach Hause gebracht zu werden, obwohl beide Feiertage noch bei uns eingeplant waren. Die Gründe, die sie vorbrachte, waren durchaus verständlich, aber überraschend. Es ging keineswegs um unsere Matratze, sondern die einsame, hilflose Greisin wollte noch in dieser Woche auf die Kanaren. Sie lächelte entschuldigend. »Ich glaube, ich hab mich da doch etwas überschätzt. Es ist noch mehr zu tun, als ich gedacht habe. Und, wie Sie sicher verstehen, in meinem Alter wird man ein wenig umständlich. Ich hätte das wirklich wissen müssen.«

Wir nickten verständnisvoll; teils erleichtert, teils beklommen fragte ich mich, wie ihre vorzeitige Abreise von Iris aufgenommen werden würde. Aber die Urahnin wusste, was man seinen Gastgebern schuldig war. An Iris' Verhalten merkten wir, dass uns die Urgroßmutter nur gelobt hatte, was uns sehr erleichterte.

Im nächsten Jahr endete der zweite Versuch, durch soziales Verhalten zu glänzen, fast mit einer Katastrophe. Auch hier hatten wir zunächst das Gefühl, mit unserer Entscheidung voll ins Schwarze getroffen und echten Bürgersinn bewiesen zu haben. Wir ließen uns nämlich einen etwa zweijährigen Jungen aufschwatzen, dessen Eltern anscheinend aus Afghanistan geflohen und in großer Not waren. Diesmal kam die Bitte von unserer afghanischen Putzfrau. Sie ist eine Perle, aber es gibt immer noch Verständigungsschwierigkeiten, und wir bekamen nur mit, dass dieser Junge aus ihrer weitverzweigten Verwandtschaft stammte. Der kleine Kerl war überaus pflegeleicht, ein fröhliches, angenehmes Kind, das nachts durchschlief und ohne zu mucksen alles aufaß, was man ihm vorsetzte. Wir waren so begeistert, dass wir eine Adoption nicht ausschlossen. Am ersten Feiertag packten wir ihn schön eingemummelt in seine Kinderkarre und gingen mit ihm in den Stadtpark. Und als ich die Kinderkarre so vor mir herschob, bekam ich fast mütterliche Gefühle, die allerdings blankem Entsetzen wichen, als sich in einem menschenleeren Seitenweg fünf finster bemalte, etwa acht- bis zehnjährige Jungen auf mich stürzten, mir die Karre aus der Hand rissen und mitsamt unserem Gast davonrannten. Wir rannten hinterher, wie sich erwies, sogar recht flott dank unseres täglichen Nordic-Walking-Trainings, aber Gott sei Dank blieben die Jungen plötzlich stehen, und so lief diese Entführung glimpflich ab. Der Anführer steckte das von ihm geforderte Lösegeld, zwanzig Euro, grinsend ein und sagte gönnerhaft: »Da habt ihr euren Scheißer wieder.« Unser kleiner Gast schien diese Wendung der Lage sehr zu bedauern. Er fing an zu weinen und streckte seine Ärmchen nach seinen davonlaufenden Entführern aus. Erleichtert kehrten wir nach Haus zurück. Aber das Ganze war uns so in die Knochen gefahren, dass wir auf weitere Unternehmungen mit ihm verzichteten und froh waren, als er wieder abgeholt wurde. Unsere Perle bekam runde Augen, als wir ihr davon berichteten. Und dann stellte sich heraus, dass alles auf einem Missverständnis beruhte, dass nämlich die Eltern unseres Gastes schon lange in Deutschland lebten, brave Steuerzahler waren und nur den reichlich vorhandenen Nachwuchs verteilt hatten, um sich mal einen Strandurlaub in der Türkei zu gönnen.

Im Club amüsierte man sich köstlich über unser Missgeschick, brachte aber dann das Gespräch gleich wieder auf Britta, bei der es am Heiligabend geradezu global zugegangen war. Ihr junger Gast war ein ehemaliger Kindersoldat aus Afrika gewesen, sodass sich Brittas Familie nun vor der Presse nicht retten konnte. Sogar vom Fernsehen war jemand erschienen, um ein kurzes Interview und einige Aufnahmen für die Sendung »Süßer die Glocken nie klingen« zu machen.

Zu unserem dritten Weihnachtsgast kamen wir rein zufällig. Wir leben in einer Gegend, in der Schnee und Kälte zum Weihnachtsfest keine Rarität sind, folglich versprach uns auch der Wetterbericht in jenem Jahr einen stilvollen Heiligabend. Richard und ich sind ausgesprochene Frischluftfanatiker, und so drehten wir sogar an diesem Tag noch einmal unsere Runden im Park. Plötzlich tauchte in dem fast menschenleeren Gelände ein Spaniel auf, setzte sich vor uns hin und reichte uns wimmernd seine Pfote. Richard beugte sich zu ihm hinunter und streichelte ihn. »Armes Hundchen, hast du dein Herrchen oder Frauchen verloren?« Wir blickten uns um. Niemand war zu sehen, kein Ruf, kein Pfiff zu hören. Wir liefen weiter, und der Hund folgte uns wie ein Schatten. Es erwies sich als aussichtslos, ihn abzuschütteln. Er begleitete uns bis zum Auto, musterte den Wagen mit schiefgelegtem Kopf, und als Richard mir galant die Tür zum Einsteigen öffnete, zwängte er sich an mir vorbei und sprang auf den Beifahrersitz. Mein gutmütiger Richard brachte es nicht fertig, ihn wieder herauszuzerren, und so versuchte er schließlich, ihn zwischen den beiden Sitzen nach hinten zu befördern, was der Hund sofort verstand und sich ohne Schwierigkeiten gefallen ließ. Es blieb uns also nichts anderes übrig, als ihn mitzunehmen. »Was gibt es nur für Menschen!«, rief ich. »So ein armes Tier auszusetzen und sich aus dem Staub zu machen! Wahrscheinlich lungert er schon seit Tagen hier rum, halb verhungert.«

Wir fühlten uns geradezu geschmeichelt, dass er sich bei uns gleich wie zu Hause zu fühlen schien, was sich darin zeigte, dass er einen im Auto liegengelassenen Tennisball mit ins Weihnachtszimmer schleppte und von uns verlangte, mit ihm zu spielen, und als er schließlich müde wurde, wir ihn nur mit Mühe daran hindern konnten, es sich auf unserem Bett bequem zu machen. Leider konnten wir seinen Hunger nur unvollkommen befriedigen. Hundefutter war in unserem Haushalt nicht vorgesehen. Wir hatten nur Fisch, Käse und Obst im Haus, aber glücklicherweise auch Milch und Nudeln, ein Gericht, das ihm nicht gerade mundete, doch nach einigem Zögern von ihm akzeptiert wurde. Wahrscheinlich hatte er den Bibelspruch »Hilf dir selbst, dann hilft dir Gott« schon früh gelernt, denn als wir ihn in den Garten ließen, jagte er sofort einem erschreckten Kaninchen nach, dessen Muskeln aber bereits vom Nachbarhund so gut trainiert waren, dass es blitzschnell im dichten Gebüsch verschwand.

Obgleich unser Gast uns ziemlich in Atem hielt – nachts musste Richard mit ihm dreimal raus –, beschlossen wir, ihn noch über Silvester und Neujahr zu behalten und ihn nicht gleich in einem Tierheim abzugeben. Am ersten Feiertag gelang es uns noch, etwas an Fressen für ihn zusammenzukratzen. Danach waren unsere Vorräte an Milch und Nudeln verbraucht. So machten wir uns am zweiten Feiertag auf den Weg zu unserem Stammlokal, einem kleinen exklusiven Restaurant, in dem sich Freunde und Clubmitglieder gern trafen und wo es als Ritterschlag galt, vom Chef geduzt zu werden. Als wir vor dem Restaurant ankamen, war es, wie konnte es anders sein, geschlossen. Glücklicherweise besaßen wir das Privileg, den Meister auch in der Küche aufsuchen zu dürfen, wo er für ein privates Abenddiner mächtig zugange war. Wir baten ihn bescheiden um ein paar Knochen oder sonstige Reste. Aber als er unseren Findling sah, zog ein breites Grinsen über sein Gesicht. Er knuffte den Spaniel spielerisch in die Seite. »Na, Monti, alter Gauner, wieder einen Dummen gefunden? Und noch dazu am Heiligabend, alle Achtung.« Monti wedelte zustimmend. Wir sahen unseren Duzfreund verständnislos an.

»Die Sache ist die«, sagte der Wirt in seiner wie immer etwas umständlichen Redeweise. »Monti ist nicht ausgesetzt, er ist ein Streuner und gehört einem sehr exzentrischen Paar, echte Yuppies eben, leicht verrückt, spontan, Schulden bis zum Hals, immer kurz vor der Pleite, aber besonders nett und unterhaltsam. Sie wohnen nicht weit von euch. Ihre Lebensweise, heute hier, morgen da, hat anscheinend auf

Monti abgefärbt. Wenn es ihm zu langweilig wird, macht er die Sause. Ich nehme an, die Herrschaften sind über die Feiertage verreist und konnten den Hund nicht mitnehmen.« Er lachte. »Monti allein zu Haus.«

»Wie grausam«, empörte ich mich.

»Überhaupt nicht«, sagte der Wirt. »Es ist alles gut organisiert. Sie stellen ihm immer so viel Futter und Wasser hin, dass er weder verhungern noch verdursten muss, und ein Schlupfloch gibt es auch, durch das er raus- und reinkann, das aber von außen kaum zu sehen ist. Monti ist also hier in der Gegend mehr als bekannt. Merkwürdig, dass das noch nicht bis zu euch gedrungen ist. Nun hat er euch zur Abwechslung auserkoren, aber ich kann euch trösten, länger als zwei Tage hält er es sowieso nicht aus, dann ist er wieder weg wie ein Benzinfleck.«

Die Prophezeihung des Wirtes traf prompt ein und das noch am selben Tag. Ein paar Wochen später sah ich Monti zufällig auf dem Beifahrersitz eines parkenden BMWs. Ich klopfte erfreut an die Scheibe. Er betrachtete mich einen kurzen Moment gelangweilt und blickte dann in die andere Richtung.

Nach diesen nicht gerade erfolgreichen Weihnachtserlebnissen nahmen wir sie als Wink des

Schicksals und gaben unsere guten Vorsätze endgültig auf. Doch wir hatten uns geirrt, das Schicksal hatte anderes mit uns im Sinn, und, wie wir später dankbar erkannten, verhalf es uns zu großem Glück.

Das Haus unserer neu zugezogenen Nachbarn brannte kurz vor Weihnachten bis auf die Grundmauern ab. Das Ehepaar hatte sich in einer ziemlich baufälligen vermoderten Villa eingerichtet und dabei an nichts gespart, wie wir bei einer Home Warming Party, zu der sie uns eingeladen hatten, feststellen konnten. Bis zu diesem Unglück hatten wir nur den üblichen höflichen Nachbarschaftsverkehr gehabt, bei dem man sich gelegentlich etwas über den Zaun zuruft, ein neues Gartengerät bewundert und auf das Wetter schimpft. Zwei gut erzogene Kinder buddelten im Sandkasten und fuhren in Tretautos durch den Garten, ohne durch großen Lärm unangenehm aufzufallen. Und dann passierte es. Ein Fernseher explodierte. Das Feuer breitete sich so rasend schnell aus, dass die Nachbarn nur das nackte Leben retten konnten. Selbstverständlich boten wir ihnen Asyl in unserer Einliegerwohnung im Souterrain an, natürlich so lange, bis sie in das wieder aufgebaute Haus ziehen konnten.

Zwar war die Villa verhältnismäßig schnell wieder fertiggestellt und ist von außen genauso schön wie früher, nur unsere alten Nachbarn wohnen dort nicht mehr. Sie sind ans andere Ende der Stadt gezogen. Der Schock war wohl zu groß. Inzwischen haben sie sich auch noch scheiden lassen, er sogar zweimal. Es ist also eine richtige Patchworkfamilie entstanden, meine, deine, unsere Kinder. Und genau das vielgepriesene »Alles unter einem Dach« finden Clemens und Gina, die beiden aus der ersten Ehe unserer Nachbarn, voll uncool. Außerdem vermissen sie, dass sie keine Großeltern haben. Also haben sie kurzerhand uns dazu ernannt. Bei uns ist es umgekehrt gelaufen, man hat uns adoptiert und nennt uns, ohne viel zu fragen, Oma und Opa, eine Bezeichnung, an die wir uns erst gewöhnen müssen. Schließlich sind wir jetzt gerade fünfzig geworden und noch keine Tattergreise. Und doch möchten wir beide Kinder nicht missen, sie sind uns jederzeit willkommen und dürfen sich in ihrer »Höhle« aufhalten. Und das tun sie nur zu gern. Noch kommen sie auf ihren Rädern, bald werden es Mofas sein, und auch das Auto wird nicht mehr lange auf sich warten lassen. Im Augenblick sind sie gerade dabei, mit Richard den passenden Weihnachtsbaum auszusuchen. Ihre Eltern sind uns sehr dankbar dafür, dass wir uns so um sie kümmern. Sie sind zu sehr mit sich selbst beschäftigt. Kein Wunder bei dem ewigen »Bäumchen, Bäumchen wechsle dich«. Außerdem ist der Vater mehr auf Geschäftsreisen als zu Hause.

Es wird ein schönes Weihnachten werden. Gemeinsam mit unseren »Enkeln« werden wir es uns so richtig kuschelig machen. Das Bett, in dem man im Takt seiner Lieblingsmusik massiert werden kann, hat Richard wieder abbestellt. Wir wollen die beiden in ein Internat schicken, in ein irisches oder ein englisches, das gehört heute schließlich auch zum Lifestyle.

Aber noch jemand hat uns adoptiert, und das ist Monti. Er erscheint jetzt in regelmäßigen Abständen und wird demnächst wohl ganz bei uns bleiben. Denn das nicht mehr ganz so junge exzentrische Paar kann ihm nur noch eine trostlose Zweizimmerwohnung unter dem Dach bieten, und das ist, wie meine Enkelkinder uns erzählen, nicht Montis Ding. Er braucht nun mal seine Freiheit und hat sowieso von seinen früheren Besitzern im wahrsten Sinne des Wortes die Schnauze voll. Dummerweise ist er, seiner Rasse gemäß, sehr verfressen, und weder Richard noch die Kinder sind fähig, seinem Betteln zu widerstehen. Er ist daher ziemlich aus den Fugen geraten und sieht mehr aus wie ein schwarzer Mops mit Schlappohren. Britta sagt neidisch, wenn wir uns treffen: »Du hast es gut. Keine eigenen Kinder und trotzdem so geliebt. Da bringt man sich für seine Kinder halb um, und was ist die Antwort? ›Mutter, du nervst.‹«

Ich lächle feinsinnig und sage: »Ja, Brittalein, das ist nun mal das Geheimnis des Lebens: Gewusst wie.«